삶의 旅路,
내 나이 일흔일곱

박 종 선 시집

비전북하우스

님께

20 . . .

드림

■ Prologue(序言)

맑은 물과 하얀 모래톱을 벗 삼아 물장구치며 피라미 잡던 경안천 시냇가 청석 바위, 생각해 보니 많은 세월에서 부대끼며 견뎌왔을 정경이여야 하는데 지금은 그때 그 모습 간곳 없고, 을씨년스럽게 덩그러니 저만치 비켜서 있습니다.

나 어릴 적 동심(童心)의 꿈을 키웠던 낭만은 사라졌어도, 정들었던 그곳엔 지금도 물은 흐르고 송사리, 떼 지어 노닐고 있는데 물은 옛 물이 아니고 산천도 옛것이 아닙니다.

언제부턴가 잉어 떼 휘젓고 계절 따라 철새가 노니는 놀이터 된 경안천, 세상이 일곱 번 바뀌고 7년이 지난 지금, 나는 그때의 동심을 떠올리는 시니어가 되어 꿈속 같은 세상을 살며 추억 홀더(holder)에서 그 시절의 정경(情景)을 한편씩 꺼내 봅니다.

삶은 고달팠어도 작은 꿈은 크게 키웠던 기억이 새롭고, 지나온 발자취는 힘들었지만 지금은 자신을 잃지 않으려 안간힘 하는 내가 자랑스럽습니다. 다시는 기억될 수 없음에 아쉬워해야 하고, 다시 올 수 없는 시간이기에 지난 것을 들춰내 마음을 달랩니다.

사노라면 힘들고 속상한 일도 많지만, 밝은 마음과 미소로 힘차게 응원하고 싶어 바라보는 팔순을 마다하지 않고 졸필(拙筆)들을 정리했습니다.

이루지 못할 꿈은 없다고 했던가요?
35여 년의 공직 생활과 가정을 이루고 살아온 50여 년, 지나온 세월에서 얻은 것은 무엇이고, 잃은 건 무엇이며, 나는 성공한 인생일까요?

알량한 명예를 지킨답시고 바보처럼 살아온 뒤안길을 탓할 수도 없는 현실에서 지난 것에 대한 미안함과 아쉬움이 더함은 나의 부족함 때문이리라. 그래서 남은 시간, 주어지는 삶의 여정(旅情)을 위해 안간힘 하는 나를 어리석다고 말할 수 없을 것입니다.

그러나 지나간 세월이 더 많은 인생에서 남은 시간을 어떻게 보람 있게 보낼 수 있을까? 남길 것은 무엇이 있을까를 고민하기 때문에 못 이룬 희망의 끈을 놓지 못하는 것이고, 응어리진 것은 풀어버려야 하기 때문입니다.

뉘가 탓한다 해도 소신껏 내 갈 길을 묵묵히 걸어왔던 지난 세월이 더없이 대견했다고 북돋우며, 스스로 마음을 다잡는다. 얼마나 희망의 끈을 이어갈지는 알 수 없지만 이제 또 다른 시작이라는 마음으로 남은 인생을 살고 싶습니다. 장맛비에 휘둘리고 무더위가 기승(氣勝)을 부리는 여름, 속 좁은 사람들의 행태(行態)가 하 수상한 시절이지만 동녘의 태양은 어김없이 붉게 떠오르고, 서산으로 지면서 희망과 아름다운 저녁노을을 안겨 준다는 사실을 가슴에 새기려고 합니다.

일흔일곱이 되기까지 사랑하는 아내와 아들, 딸들이 힘이 되어주었기에 마음 다잡으며 열심히 살았고, 착하게 커 주어 고마울 뿐입니다. 그리고 시집 발간을 위해 애써 주신 비전북하우스 이종덕 대표님과 그동안 저에게 물심양면의 도움을 주신 분들께 감사드립니다.

지은이 씀

■ 축하의 글

박 작가는 경기도 광주에서 태어나 고향을 지키며 자란 토박이 광주인(廣州人)입니다.

지방행정 공무원으로 지역 발전을 위해 경기도청을 거쳐 과천시 부시장을 끝으로 공직을 물러나 자연인으로서 지역을 위해 재능기부 차원의 봉사활동과 인성 강사로 활동하는 등 많은 사람의 모범이 되는 광주의 보배라고 할 수 있습니다. 남달리 학구열이 뛰어나 은퇴 후 예절 전문인 1급, 창의 인성지도사 1급, 정책분석 평가사 1급, 행정사, 사회복지사 2급 등의 자격을 취득하였고, 특히 공무원 시절 모범공무원으로 인정받아 국무총리상 수상과 홍조근정훈장, 국민훈장 석류장을 수훈하는 등 그간 작가의 삶의 과정이 화려합니다.

1998년부터 시를 쓰면서 20여 년간 틈틈이 쓴 시와 칼럼, 중국 여행기를 한데 묶어 「청석바위」란 이름으로 책을 발간한 것이 2017년으로 기억됩니다.

7년이 지난 지금, 다시 박 작가의 삶이 진솔하게 담긴 시집 「삶의 旅路, 내 나이 일흔일곱」의 발간에 즈음하여 축하와 박수를 보냅니다. 보통 글에는 소설이 있고, 수필이 있고, 시(詩)가 있습니다. 시(詩)는 짧은 글로 사람들에게 감동을 주는 글입니다. 박 시인의 시(詩)는 간결하면서도 꾸밈이 없고, 솔직 담백한 표현으로 독자들이 감동받을 수 있도록 쓴 것이 특징입니다.

「삶의 旅路, 내 나이 일흔일곱」 제목의 시집이 널리 알려지고 저자와 독자가 함께 소통하고 느낄 수 있을 것으로 믿습니다. 박종선 시인님의 문운(文運)이 대통하시기 바랍니다.

* 박종선 시인님의 이름으로 삼행시를 지어 시집 출간을 축하하는 의미
　를 담아 전합니다.

박　박종선 이름 달고 한세상 살아가며

종　종착역 어드멘고 인생길 굽이굽이

선　선각자 생각과 실천 멋진 인생 살리라

전) 경기도교육감　향천 조 성 윤
시조(時調) 시인

먼저 박종선 작가의 제1집 「청석바위」에 이어 두 번째 시집 「삶의 旅路, 내 나이 일흔일곱」 시집 발간을 진심으로 축하합니다.

박 작가는 경기도 광주에서 태어나 저와는 광주중학교, 광주중앙고등학교 동문으로 세상에서 3천만 명분의 1로 인연을 맺은 제 후배로서 매우 자랑스럽습니다. 박 작가는 성장하면서 많은 재능을 가지고 있기에 학교생활은 물론 사회생활 모든 면에서 모범적이었고, 생활에 필요하고 전문적인 지식을 전수 할 수 있는 여러 가지 자격증을 취득하여 많은 시민께 도움을 주며, 지역사회를 위한 일에 앞장서는 토박이의 역할을 충실히 이행하는 일꾼이기에 사랑하고 아끼는 후배입니다.

더구나 생활에 얽매일 수밖에 없는 오랜 공직 생활에서도 틈틈이 주옥같은 글을 써 등단하고, 이렇게 두 번째로 시집을 발간하게 되는 박 작가의 열정에 찬사(讚辭)를 보냅니다. 이 시집을 읽는 사람들에게 생활의 귀감(龜鑑)이 되고 삶의 지침이 될 수 있다고 자부하며 확신합니다.

제가 글을 쓴 것은 광주(廣州) 고등학교 초임발령을 받아 재직할 때 교가(校歌)를 작사했고, 젊은 시절 지금의 아내와 연애할 때 주고받은 수십 통의 편지는 지금 읽어도 가슴 설레는 추억이 되고 있습니다. 그리고 천지의 이치에 순응하고 인정의 마땅함에 합하는(順天地之理 合人情之義) 혼인

(婚姻)에서 50여 회의 주례사(主禮辭)를 글로 써서 축하해주고 가정생활의 지침서가 되도록 했는데 지금은 그 내용을 충실히 이행하고 있는지 가늠해 보고 있습니다.

그러나 글을 쓴다는 것이 결코 쉽지 않은 작업이라고 늘 생각하지만 박 작가는 일흔일곱의 나이에도 불구하고 가식 없이 주옥같은 글을 써 시집을 발간하는 것을 볼 때 나이는 숫자에 불과하다는 말이 실감 날 뿐입니다.

다시 한번 박 작가의 제2집 「삶의 旅路, 내 나이 일흔일곱」의 발간을 축하하며, 읽는 분들에게 생활의 귀감(龜鑑)이 되는 필독서가 될 것이기에 적극 추천합니다.
감사합니다.

사) 광주 하남 교육 삼락회 회장
전) 제1대 광주고등학교장
전) 제3대 광주시민장학회 이사장
전) 제8대 광주시 문화원장

박 기 준

아름다움을 피우기 위한 행복한 사고

한 줄의 문자를 쓰는 것도 많은 생각과 고통스러운 시간의 산물이라고 생각합니다. 그런데도 한 편의 아름다운 시집을 엮어낸다는 것, 그 열정에 존경할 따름입니다.

세속적 인간은 고통과 생각이 두렵고 귀찮아서 현 상황에 안주하거나 변화를 싫어하게 되는 경우가 많습니다. 그 결과 빠르게 퇴보할 수밖에 없고, 결국은 사회에서 존립할 수 없게 됩니다. 변화의 시기에 우리는 창의적으로 생각하고 실천하며 삶에 혁신을 통해 가야 할 때입니다. 그리고 변화하는 상황에 대응하고 자신의 정체성을 구축해 지속성을 가져가야 할 시기입니다.

이러한 시기에 창의적으로 생각하고 실천하며, 현장에서 느끼는 감성을 듬뿍 담은 박종선 시인의 시집을 낸다는 소식에 가슴 설렘과 기대를 많이 하며 진심으로 축하드립니다.

시(詩) 한 편 한 편을 읽고 시집을 접고 나니 시인 박종선 작가는 현실에 안주하는 것이 아니라 행복한 사고와 끊임없는 실천으로 우리의 미래와

이웃을 밝게 만들어 가시는 분으로 기억됩니다. 그리고 시어(詩語) 하나하나가 혼탁한 세상에 아름다운 향기를 불어넣기 위해 자신을 정화하는 삶을 살아가시는 분으로 엿볼 수 있습니다.

아름다움을 피우기 위한 행복한 사고와 실천하는 시인에게 진심으로 감사드리며, 고맙다는 말씀을 드리고 싶습니다.

인공지능 시대에 감성과 소통 능력이 필요하다고 합니다. 한 편의 시를 통해 감성 능력을 키워보시길 바라며 일독(一讀)을 권합니다.

다시 한번 끊임없는 자기계발(自己啓發)과 창의적인 사고, 아름다운 문장으로 우리의 삶에 향기와 세상을 정화해 가는 박종선 님의 시집 발간을 진심으로 축하드리며, 시집이 우리의 삶에 아름다운 향기로 피어나길 희망해 봅니다.

세명대학교 산업디자인학과 교수 **남 주 헌**

■ 독자에게 다가가는 旅路

본디 글은 시대가 향유한 요소를 작가의 필치로 표현하는 작업인데 사물을 판단하고 느끼며 표현하는 일은 작가 나름의 이력이나 번뜩이는 순발력을 요구하며 지극히 대중적인 요소를 띄워야 합니다. 읽혀지는 순간에야 비로소 독자의 몫이기에 눈으로 보고 가슴으로 읽혀져 머리에 도달하는 시간이 광음이며, 이어서 감동으로 바뀌는 신체운동과도 같은 매우 중요한 인생의 일부분을 느낄 수 있어야 하는 것입니다.

5부작 150편에 지어진 작가님의 인생극장이 지금 우리 앞에 광활하게 펼쳐집니다. 여느 인생도 다 겪어가는 인생 여정이 특별히 박종선 작가님에 의해 우리를 대신하여 써진다는 엄연한 사실에 우리는 감사합니다. 우리는 다 아픔을 안고 살아갑니다. 그 아픔을 치유하는 길은 오직 즐거움입니다. 기분 좋은 일이 생기면 만면에 희소(喜笑)를 띄우고, 그 기분을 여러 사람과 나누고 싶은 것이 인지상정입니다. 깊게 아플수록 건강의 희열이 크고, 그 기쁨은 인생에 자양분이 됩니다. 일흔하고도 일곱이면 여분의 삶을 살아도 되는데도 작가님은 지금이 청춘이십니다. 바로 이런 점으로도 충분히 귀감이 됩니다. 미리 그 아픔을 대신하여 일러주는 건 목민심서에 견주는 인생 방향 지침서입니다.

지금 박 작가님의 나이로 세상을 봅니다. 일찍이 8·15광복 1년 후에 태어나 바로 또 6·25동란을 겪으신 인생은 어느 누구도 눈동자를 고정시키지 않고는 들을 수 없는 우리나라의 역사입니다. 어디 말로 다 표현이 되겠습니까? 그 슬픔과 혼돈과 배고픔과 정체성의 무질서를 누가 얘기하겠습니까?

그 여정을 150편에 다 쓰기엔 작가님의 고뇌가 엿보이는 대목입니다.

지금 박종선 작가님은 태연자약하게 총대를 메고, 부끄러우나 자랑스럽고, 미안하나 떳떳하게, 세상을 대변하는 시대의 변호사처럼 그 일을 이루려 준비하고 있습니다. 「청석바위」로 고향의 스러짐에 안쓰러움을 얘기했다면 두 번째 역작 「삶의 旅路, 내 나이 일흔일곱」에서는 인생 저변에서 우러나오는 참 인간적인 모습을 보여주고 있습니다. 박 작가님은 친구와도 말을 놓는 법이 없습니다.

큰 하천(한강)을 넘어 사대문 안 늘 나라님을 생각하고 있을 그 마음, 그처럼 후배를 생각하는 넓디넓은 마음, 그리하여 수도의 초기 위성 시 과천시 부시장을 역임하시고, 반듯하기가 뭇사람들이 어려워할 정도로 정확한 마음을 우리는 글을 통하여 접할 시간이 되었습니다. 대단한 행운이 아닐 수 없습니다. 작가님을 평하기도 버거운데 더욱이 작은 지면에 한다는 건 내겐 여간 고통스러운 일이 아닙니다. 우리 지금, 이 시간에 「삶의 旅路, 내 나이 일흔일곱」을 읽어 인생의 감칠맛을 느껴보지 않겠습니까?

모쪼록 건강하시어 소임을 다 하시고 행복한 가정을 늘 이루시어 늘 후배들에게 아름다움을 보여주시길 바래봅니다.

한양문학 대표　박 윤 옥

목 차 | CONTENTS

제1부   나 아닌 나

제 4 부   꿈과 희망(希望)

제 1 부
나 아닌 나

어느덧 인생 일흔일곱이 되었습니다.
철없던 동심의 세월도 있었고,
불타는 청춘의 열정도 있었습니다.
작은 꿈이나마 이뤘다는 장년의 세월도 있었기에
노인, 아니면 어르신이라는 말을 듣는 세대가 되었습니다.

생각해 보면
그렇게 흐른 세월 속에서 이룬 것은 무엇이고
아직 남은 꿈은 있는 걸까를 생각합니다.
홀로서기 에움길에서 최선을 다했지만 돌이켜 보면
부족했고, 참담(慘憺)했던 날도 많았고, 마음 한구석에
남은 응어리도 있다는 것을 깨달았습니다.

그러기에 말년의 나를 힘들게 하는
아쉬움, 외로움, 그리움들 모두 털어 내고
넉넉하게 잘해주지 못한 가족의 마음을
채워줘야겠다고 다짐합니다.
지난 인생을 돌아보며 세상 끝나는 날까지
남은 시간을 채워줄 희망이
나를 존재하게 하는 이유라 생각하고
남은 인생, 노력하는 삶을 살렵니다.

여로(旅路)

어느새 여기까지 왔습니다
파란 하늘에 흐트러지는
하얀 뭉게구름처럼
갈바람에 실리듯
파도에 밀리듯
온갖 고난 등에 지고
허겁지겁 달려왔습니다

스쳐 가는 들길엔
기쁘고 노여웠고
잊지 못할 사랑
즐거움도 많았지만
내버리지 못한
응어리도 남았음을
깨달았습니다

지금도 내게 희망이 있는가를 묻습니다

깊어 가는 가을빛을 돌아보며
쓸려가는 세월 길에서
희망을 잡으려 안간힘 하는 나를 보고
놀란 가슴 쓸어내립니다

그러나
부질없는 생각이라 탓해도
꿈은 미래를 열어주고
나를 일으켜 주는 힘이 되기에
생(生)의 여로를 꿋꿋하게
헤쳐 갑니다

삶의 무게

가을 낙엽에 나이를
묻는다
인생 70고개
너무도 가파른 길이었나?

살아남기 위해
그리고
목표를 향해
아들, 딸 낳아 기르며
바삐 살아온 지나온 삶
지금은 행복한 건가?
아니면 덜 행복한 건가?
아직도 나는 욕심이라는 굴레에 씌워
헛된 꿈 좇는
노망든 사람으로
변하고 있는 걸까?

추억이 아름답다는 말에
나는 고개를 숙인다
정녕 내게 아름다운 추억이 있었나?
뜨는 해를 바라보며 희망을 말하듯

서산으로 기우는 해를
보며 꿈을 가지는 것은
어리석음일까?
비록 낙엽 지는 가을이 와도
나는 나만의
욕망을 펼쳐 보고 싶음이 있다

더 많은 꿈을 꾸고
더 많은 짐을 지고 싶다

나 아닌 나 · 1

황토벽에 둘러 처진
공간에서 발을 뻗어 본다
엊저녁 취기가
아직 남아있는 나,
이마에 땀방울이
송골송골 맺히다 이내 떨어진다

한 방울 한 방울
아니 이젠 주르르
흘러내린다
술독에 빠진 걸까?
맘속 남아있는 미련에
빠진 걸까?
아니면 옛 추억에 젖어 있던
사랑 이야기에 빠지려 하는 걸까?

나 아닌 내가
갇혀있는 듯하다
나 아닌 내가
흘러내리는 땀에 젖어
시간을 죽이고 있다

한 사람, 두 사람, 세 사람,
남자, 여자, 모두
익살떠는 이야기에
귀를 기울인다
의미 있는 이야기든
의미 없는 이야기든
그냥 듣고 있다

이렇게 나 아닌 내가
되어 땀을 흘린다

학대(虐待)

무심코 던진 한마디가
칼날이 되어 돌아왔다
제어되지 않은 속내가
고성으로 이어졌다
손에 들고 있던 줄 타래를
강한 힘으로 바닥에 내동댕이쳤다

무엇이 나를 이토록
격하게 했나?
쌓였던 불만의 폭로였나?
사십 평생을 넘게 살았다
은퇴 후부터 지금까지
스스로 감정을 짓누르며
스스로 학대하며 살았다
무엇이 나를 그리 만들었나?
부(富)라는 것의 이유일까?
마음껏 나래를 펼치지
못하는 안타까움이었나?

보듬어 주는
정이 그리운 거다

다독임을 받고 싶고
사랑의 마음을
느끼고 싶은 거다
깊은 나락으로 빠져든다
말없이 하루해가 간다
멍하니 허공만 바라보며
그리운 추억을 더듬어 본다
나 지금 외로움에
떨고 있는 건가?

어쩌다 병원

약물이 깊숙한 곳으로
스며 들어가는 느낌이다
아프다는 소리는 목젖에서 머뭇거리고
뒤척일 수 없음이 짜증스럽다

그러나 마음을 달래며 내려놓는다
오늘이 쉰두 번째 되는 날
내가 나를 이렇게 만들었나?
세월이 나를 이렇게 만들었나?

앉으나 서나 당신 생각이 아니라
앉으나 서나 통증에 시달리니
무슨 운명의 장난인가?
긍정이 가려 하고
부정이 한걸음에 오려나
자식에게 걱정 끼쳐 미안하고
아내에게 힘들게 해서 미안하고
친구들과 함께 못해 미안하지만
이제 푸념은 그만하자
잘 나을 거라는 주치의의 말을 믿자

이렇게
넋 나간 내가 되어
초조하게 기다리는 아내를 생각하며
영상 주사대에 엎드려
영혼을 찾으려는데
귓가를 울리는 소리 하나
주사 치료 잘 끝났습니다
침대로 가셔서 잠시 쉬었다 가시면 됩니다
상냥한 간호사의 목소리다

한동안 꿈속을 떠다닌 느낌이다
조심스럽게 다가온 아내
아파요?
아니 별로 안 아파
애써 하는 말 다 안다는 듯
걱정하는 표정에 고개를 돌려
나약해지려는 마음 다잡는다

그만 집에 갑시다, 여보!

나 아닌 나 · 2

어려운 시절
어렵게 태어나
어렵사리 세월 속을 허우적거린 나

6. 25를 겪으며 죽을 고비 한차례,
커가면서 신작로에서
아슬아슬 두 차례,
순탄했던 인생살이
외길 걷다 세 번째,
얼음 얼고 눈 내린 밤
네 번째 죽을 고비,
새벽 출근길 다섯 번째
몇 번을 넘겼나
생각하면 열 차례는 되는가 보다

이렇게 험난했던 인생길,
앞만 보고 달렸던 그 길,
아스라이
뒷전으로 밀려있고
앞서오는
세월의 그림자는 어둠이라

못다 한 아쉬움에
잠 못 드는 밤 몇 날이었는가

기회는 잃었어도
끈은
놓지 말아야 하는 것을,
그렇게
희망은 내가 잡고
꿈도 내가 꿔야 하는 것
내 인생 어려웠다 말도 말고 생각도 말고
남은 인생 활기차고
야무지게 Fighting! 하자

훈장(勳章)

기쁨, 아쉬움
상이라는 건 받으면
좋은 거라 했는데
더구나
훈장은 가문에 영광?

그런데
어찌 기분은 꿀꿀하다
함께했던 동료들과
맥주 한잔 걸치면서도
기쁘다는 느낌은
저만치 있는 것 같다

잘했다는 격려
그에 대한 보상
아니면 더 잘하라는
아무렴
받았으면 좋은 거라고

그런데
기분이 가라앉음은

왜일까?
아무 욕심도 없었는데
저울질했던 사람 때문일까?
작아지려는 자존심에서
벗어나고 싶음이 크다

삶

새삼 느껴보고 싶다
어떻게 살고 있는지
용기 있게 살고 있나?
아니면 즐겁게?
행복을 느끼며?

아니다
항상 쫓기듯 살고 있다
목표가 있는가?
그도 아니다
막연한
기대가 있을 뿐이다
아직도 벗어나지 못한
지난날의 굴레인가?
설렘으로 시간 보내는 어리석음인가?

바보 같은 생각
하나 둘 내려놓고
아무 욕심내지 말고
그저 편안하게
나 하고 싶은 거 하면서

여유 부리며 사는 게 최고인데
알량한 자존심이
나를 그냥 아니 둔다
난 참 바보 같은 사람이다

이사(移徙) · 1

아련히 떠오르는 것 하나 있다
겁 모르고 살았던 시절
입에 풀칠이나 할 수 있을까 했던
공직 생활의 시작
힘들고 어려워도 마다않던
열정이 있었고
쥐꼬리보다 더 적은 월급봉투를
손에 쥐어도 당당했던 시절
무엇이 그런 용기를 갖게 했나?
오천 년 묵은 가난을 털어 내는
일꾼이라는
하면 된다는 희망이 있었고
잘살아보자는 요구의 선봉이라는
자부심이 있었나 보다

그러나
시련도 없지 않았고 그럴 때마다
털어 버리고 싶었는데
목구멍이 포도청이라 차일피일
세월 흘러 장가들고 어렵게 정착한 보금자리
아들딸 낳고 아등바등 행복하게 살았다

자식들 건강하게 자랐고
넉넉지는 못했지만 꿈을 키워주고
명예를 안겨준 보금자리였다
해를 거듭할 때마다 한 가지씩 늘어나는
살림 장만에 행복했었다

이렇게 지나온 45년 세월
손때 묻은 문틀을 부여잡고 시름에 젖는다
묵은 정, 매인 정 어찌 떼어야 하나?
이제 버려야 하나 생각하니
눈물이 앞을 가리고
만감이 교차한다

내 판단이 잘못된 것일까?

천리향

못생긴 화분 하나
담장 밑에 팽개쳐저 있었다
이사 가는 날 바쁘다는 이유로
챙기지 못한 천리향이었는데
야속했었나 보다
외로움 견디며 꽃망울을 키웠다

여보, 이것 좀 봐요
아내와 나는 미안함이 산(山)이다
아직 헐리지는 않았지만
허접하게 널려진 폐 잔재 속에서도
힘차게 자랐으니…

이사 간 지 한 달 만에 찾았던 집이었다

정성스럽게 싸매고 가져와
새 자리를 마련해 주고
몇몇 친구들도 맺어 주었다

고마웠었나?
가져온 지 열흘 만에 꽃망울이 터졌다
그윽한 향기가 피로를 멎게 한다

이사(移徙) · 2

울컥
마음이 뻑뻑하게 차오른다
금방 눈물이 가득 고인다
정말
버리고 떠나야 하는가?
45년을 살았는데…
횡설수설
소용없는 넋두리가 입가를 맴돌고
듣는 이의 귓가를 어지럽히는 것은 아닌지?
잘난 명예 때문에
지켜온 삶의 결과인가?
자학에 빠진 나를 보지만
후회한들 무슨 소용
차라리 허허 웃음 한 번 짓고
받아들여야지

이 또한 지나갈 것이니까

이런 사람이었으면

물기 머금은 잎새가
더 아름답게 보이는
캔버스를 보며
시작하는 하루는
그냥 즐겁기만 합니다

자연이 주는 아름다움
때문인가 봅니다

오늘도
만나면 기분 좋고
온몸으로 느끼고 싶은
돌아서면
또 만나고 싶은 그런 사람

은은한 차향이 묻어나는
구석진 찻집에 앉아
삶의 이야기를 나누며
마음과 마음을
헤아려 주는

그런 사람으로
기억되는 하루였음
좋겠습니다

바보 생각

참이라는 말은
사실에 가깝다는
진실이라는
잊었던 것이 갑자기 생각나는
의미들이 있다

참사랑
참된 행동
참된 우정
참된 친구 등등

좋은 말인데
언제부터인가
잊고 살았던 느낌이다

각박하게 살아온 걸까?
진실이 왜곡되는 현실 때문인가?
너무 많은 변화가
과대 포장되는 생각이
그렇게 만들었나?

한 주의 시작 월요일
얼마 남지 않은 을미년
어떤 결과로 마감될지?
어떤 미래로 판을 짤지?

언제쯤
통 큰 참이 통할 수 있는
안개가 걷힐 것인지?
모두를 내려놓고
다시
시작했으면 좋겠다

삶의 넋두리

어떤 삶이 보람 있고
행복한 삶인가?
나는 행복한가?
남은 삶은
어떤 것이어야 하고
지나온 삶에 후회는 없는가?
자꾸만 의문이 든다

남은 시간을 쪼개
인연을 만들고
행복과 즐거움을 만들고
그래도 남으면
보람 있는 일도 해 보고
또 할 수 있다면
돈 버는 일도
나누고 배려하는 일도
더 해 보고 싶다

가끔 돈이 넉넉하다면
할 때가 있다
가족에 대한 안쓰러움

내 하는 일에 대한
만족을 위해서이다
그런데
세월은 나를 기다려주지도
반겨주지도 않는다

그러나
뭔가 열심히
흔적을 남기기 위해
혼미해지는 기억을
하나씩 둘씩 꺼내 본다

그려보고 싶은 그림

눈을 감으면
어두운 환상 속으로
마음이 빨려간다

그리고
하얀 종이 위에
상상의 그림을 그려본다
돈 많은 부자
출세와 권력
명예를 얻고 싶음의 욕망

그러나
그 그림이
부질없다는 것을 안다
이내 지워버린다

무엇을 그릴까?
인생의 정점에 서서
가슴 설레는
사랑 하나 그려본다

설령 이룰 수 없을지라도
마음을 나눌 수 있고
감싸줄 수 있고
꼭 보듬어 줄 수 있는
그런 그림이었으면 좋겠다

얼차려

어쩌다 마음을 잃었다
갈팡질팡
아무 사이도 아닌데
그냥 알고 지나왔는데
사심 없이 도움 주었을 뿐인데
그러기에 관계란
이상한 것인가 보다

어느 책 속에 나오는
이야기처럼
아니면 연극의 줄거리처럼
그렇게 시간은 흘렀다
어쩌면
부족함이 있다는 스스로 반항이었나?
마음을 추스르고
몸을 추스르자
이제
설렘이 아닌 평정심을
찾고 일상으로 돌아가야 한다

더 큰 미래가 기다리고 있으니까

또 다른 만남

한동안 뜸했다
안쓰럽게 생각했던 것에서 벗어났었다
아니
그냥 방관하듯 잊고 시간을 보냈다
나름의 인생길은 결코
서로에게 만족스러울 수 없다는 것을
긍정하는 마음으로 세월을 보냈다
지난 시간 속에서 느꼈던
설렘은 어쩌면 시나브로 멀어지는가?

진한 커피 향에서
알 듯 모를 듯
지나쳐 버린 마음을 꺼내 본다
이것이
마주하는 즐거움인가?
흩어졌던 시간을 꿰어본다
화사한 웃음이 지나기 전에
또 다른 순간들을 연상하며
조심스럽게 다가가 본다

신작로(新作路)

뽀얗게 흙먼지가 일고
이내 합승차가 멈췄다
허겁지겁 차에 올라 숨을 고른다

자동차가 출발하고도
한참을 가는 나를
배웅하느라 신작로 자갈 길섶을 지키셨다

1966년 1월 3일
늦은 오후
"엄마 나 군대 가"
"언제?"
"지금 출발해서 서울 계신
아버지 뵙고 내일 대전 훈련소에 입소할 거야"

엄마의 눈가에 눈물이
그렁그렁하다
"따듯한 밥 한 끼라도 먹고 가야 하는데
이눔아, 이제 이야기하면…"
말문이 막히시는가 보다

51년 전
그렇게 나는 입대했다
모든 시름 다 떨쳐 버리려고

온갖 고생
마다하지 않으신 어머니를 뵐 때마다
눈가에 이슬이 맺힌다
건강하게 지내셔야 할 터인데
유난히도 구부정한
엄마의 모습이 밟힌다

동네북

70년을 살았더니
nickname(별명)이 붙었네
노인, 노친네,
늙은이, 망령꾼이라고

산전, 수전, 공중전까지
치르며 나라에 헌신하고
자식 잘 키우느라
생고생하며 살았는데

이만큼 살게 된 거
뉘 덕인가 생각 않고
이제 와서 외면하면
자기 주가가 오르는가?

노친네들 변하지 않아
나라가 망했는가?
잘되면 자기 탓이고
안되면 노인 탓

나리님들 툭하면 네 탓
변하지 않는 정치는?
쇄신(刷新) 안 하려는 지탓은
왜 아니 하는 건가?

청석 바위 · 1

파란 하늘
뭉게구름 사이로 물새가
날아오른다
첨벙~
순식간에 물고기 한 마리
입에 물고 솟구친다

학동들은 발가벗고
바위에서 뛰어내려
자맥질하면 피라미 떼는 놀라
이리 몰리고 저리 몰린다

한낮 해가 기울면
허기진 배를 채우려
옥수수 대를 씹으며
놀았던 어린 시절
청석 바위

하얀 모래톱은 간곳없고
자갈 주어 성을 쌓던
돌무덤도 보이지 않는다

무성한 갈대만 바람에 날리고
토종 된 새끼 오리
어미 따라 줄을 선다

지금 그곳엔
찾는 이 없는 물가에
바위 한 쌍 덩그러니
저만치 가 있는
그 시절이 아련하다

청석 바위 · 2

한낮의 햇살이
물 위에 반짝인다
어석거리는 갈대 사이로
물오리가 난다

계절 찾는 철새 떼가
어김없이 아우성친다
전에 없었던
진풍경이다

옛적 흐르던 물길은
자취를 감춘 지 오래다
그래서인지
물은 물이로되
옛 물이 아니다

들킬까 봐 숨어 들락거리던
밭두렁은 어느새
2차선 도로가 들어서고
오가는 자동차의
소음만 가득하다

새싹 돋는 봄이 되면
아지랑이 가물거리는
낭만도 사라진 지 오래고
산천은 산천인데
옛것이 아니로다

물가에 똬리 틀어
홀로 있는 청석 바위
네 진정 청석 바위 맞는고?
대답은 없고 정적만이 흐른다

석녀(石女)

얼마 동안의 기다림이었나?
몸도 마음도 취했었나?
벌거벗은 육신이 아무렇게나
널브러져 기다린다

무얼까?
울긋불긋한 꽃 그림이
들어내 보인다
계곡을 흐르는 은밀한 곳엔
어둠의 숲이 널려있다

가지런하듯
계곡은 물을 머금고
어서 오라 손짓하듯
정적이 흐른다

잠결의 신음 소린가?
흐느낌인가?
알 수 없는 소리에
발길을 멈춘다

정녕 환희의 순간은
사라져간 것인가?
이렇게 밤은 깊어 가고
가쁜 숨소리만
질척거린다

먼저 간 친구

여기 한 사람이 갔다
인간의 시름을 떨쳐버리고
푸름이 너울거리는 소나무 숲을
가로질러
신령님의 환한 미소를 받으며
설렁하게 떠나갔다

아쉬움을 잊었는가?
그리움을 남겼는가?
험한 인생살이 외면하며 떠나갔다

허무라는 말은
인간의 마음을 쓰리게 하고
훌쩍 떠나간 영혼은
아쉬움을 남기는 걸까?

한마디 말도 없이
하직한 안쓰러움에
산 영혼은
이렇듯 슬픔을 더하는 것인가?

흐르는 시간은 덧없건만
안타까운 마음의 상처는
씻기지 않고
오는 시간을 기다릴 뿐이다

사랑(아띠)

사랑을 알고부터는 설렘이었습니다
사랑을 하고부터는 그리움이었습니다
서녘,
쪽빛 하늘에 갇힌 노을처럼
동녘,
뭉게구름 사이로 떠오르는 붉은 태양처럼
온통 장밋빛이었습니다

그렇게 세월은 가고
낙엽 흩날리는 계절이 거듭되면서
사랑은 시나브로
한 아름 정만 남기고 홀연히 떠나갔습니다
그리고 또 다른 그리움은
잡을 수 없는 미움이 되어
가슴 속 응어리로 남았습니다

이렇게 사랑은 얄궂은 것인가요?
아니면 사랑은 설렘으로 시작해
그리움으로 남고
이내 미움이 되어
추억으로 남는 것인가요?

지금도 마음 저미는 그리움은
그때일까?
아니면
그렇게 떠난 그대일까를
생각합니다

가을 남자

동트는 가을 새벽
산책길을 나선다
소슬바람은 거침없이 안기고
물안개 피어오르는 물 가운데엔
유유자적하는 다정한 오리 한 쌍
마음을 설레게 한다

문득 언제였던가?
열정 넘치던 청춘의 세월에서
사랑을 보내야 했던
어느 가을날
한 올 한 올 엮었던 아름다운 추억들은
아픈 미움 되어 기억에서 지워졌었는데
한 남자는
갈대꽃, 억새꽃 어우러진 물가에 서서
옛 생각에 젖는다

뚜벅뚜벅
발길에 흩어지는
갈색 잎이 아우성치고
물가를 휘젓는 잉어 떼도
덩달아 아우성친다

화백(和伯)의 다짐

뭔가를 이룬 후의
허전함이란 이런 것인가?

희망도 목표도
잃어버린 사람처럼
좌충우돌하는 날이
많아짐은 백수가 겪는 일상인가?

할 일이 있다는 것
가야 할 곳이 있다는 것
만날 사람이 있다는 것
얼마나 행복한 것인지
예전엔 미처 몰랐었나?

새벽 공기를 마시며
나는 오늘도 달린다

그래도
희망은 버리지 말고
최선이라는 목표를
향해 가자고 다짐해 본다

오해(誤解)

마음이 구겨지고
생각이 구겨지고
몸도 구겨지고
행동도 구겨진 하루
아직도
작은 욕심에 탐하는
내가 부끄럽다

그리고
너와 내가 함께 부끄럽다
멍하니
싱그럽게 펼쳐진 구름 떼를 바라보다
문득 자학에 빠진 나를 본다
하~ 얼마 살았다고 엄살인가?

차라리
허 허
웃음 한번 지으면서 손을 내밀자
친구야!
풀자!

〈한양문학〉 시 부문 신인상 수상작(2019, 봄호)

인생 머 있어

살아보니 별거 아니더라
태어나면 모두가 잘난 건데
머 그리 잘났다고 난리던가
돈 많다고 잘 났는가?
권력 있다 으스대나?
명예가 대수던가?
너나 나나 다 가는 인생
빈손으로 왔다가 빈손으로 가는데
가진 것 내려놓고
마음 빚 갚아주며
도리에 맞춰 살면 그만인 것을

장벽(障壁)¹⁾

두 개의 생각이 부딪쳤다
뉘로 인한 부딪침이었나?
죽고 죽이고
빼앗고 빼앗기는
욕심은 그렇게 갈라놓았다
땅을 가르고
너와 나를 가르고
서로의 생각을
동서의 두 조각으로 갈라놓았다
그리곤
높다랗고 긴
콘크리트 벽을 세웠다
오랜 세월 총부리를 겨누며
증오의 눈초리로 마주했다

나는 보았다
지금 뻥 뚫린 녹슨 쇠막대의 창살을
28년 세월 흘러 하나 된 땅 되었지만

---

1) 2017년 4월 19일 오전 12시 39분에 베를린 장벽에서

너와 내가 함께 할 수 있는
마음과 마음의 끈은 이어졌을까?
아직도 남은 상처가
있다는 것을 새겨본다

언제쯤 우리는 우리가 원하는 대로
이룰 수 있을까?
통일을

연민(憐憫)²⁾

소슬바람³⁾에 낙엽 날리고
댓돌 위엔 노을 지는 석양빛 외로운데
사숙당(思肅堂) 마루엔 그림자만 서성이네

억겁(億劫)⁴⁾의 세월 품은 느티나무 그늘에
님 그림자 더듬더듬 필부(匹夫)⁵⁾ 마음 애달픈데
선비⁶⁾ 체험(體驗) 학동(學童)들이 대견하네

실학(實學)⁷⁾으로 부국강병 민생을 보살피고
선정(善政)⁸⁾으로 다스리니
목민관(牧民官)의 본(本)이로다

와가(瓦家) 삼간 강학당(講學堂)⁹⁾
글 읽는 소리 아련한데
가문(家門)¹⁰⁾의 살림살이는 청렴(淸廉)¹¹⁾이요
역사를 바로 세워 근본을 찾으셨네

---

2) 불쌍하고 가여운
3) 가을에 부는 바람
4) 오랜 세월
5) 한 사람의 남자
6) 학문을 닦은 사람의 예스러운 말. 어질고 순한 사람
7) 실제로 소용되는 학문
8) 백성을 바르고 어질게 잘 다스리는 정치
9) 와가 삼간 강학 당 = 이택제(麗澤齊)
10) 집안과 문중
11) 성품과 행실이 고결하고 탐욕이 없음

담 넘어 실개천 물소리는 낭랑한데
오가는 사람 소리 웅성웅성 왁자지껄
자손만대(子孫萬代) 이어갈 가르침을 주셨건만
어즈버 뉘라서 행(行)[12]을 마다하는가?

---

12) 실천하다

지금의 나

시간은 쉬지 않고 지나는데
현재의 의미는
어디까지를 말하는 걸까?
모두가 지나가는
것들인데

나는 지금도 제자리에
멈춰 서 있는 느낌을
받게 한다
아직도 꿈을 이루기
위함이 남아있는 걸까?

좌절이라는
단어를 지워버리기 위해
끊임없이 부딪혀 보고
싶은 욕망이 있다

그 생각은 희망을
도태시키는
비정상적인 행태라 말하고

비록
그것이 깰 수 없는
벽일지라도
당당하게
맞서고 싶음이다

제 2 부
하늘, 땅만큼 사랑하는 가족(家族)

가정을 이루고 살아온 지 49년의 세월이 꿈만 같습니다.
어렵고 힘든 시절을 보냈던 기억이 나를 더욱 힘들게 하는 현실이
안타깝고 괴로울 때가 많습니다.
박봉에 허덕이며 단칸방에서 시작한 신혼생활에서부터
첫아이가 태어나고
식구가 하나, 둘 늘어가면서 겪어야 했던
경제적인 어려움에서 가장의 노릇을
제대로 하지 못했다는 죄책감(?)이 나를 옭아매곤 했었지요.
특히 어려운 살림에서도 시동생 뒷바라지는 커다란 짐이 되었고,
아이들 교육을 위한 비용 또한 만만치 않았으니까요.
그래서 아이들과 아내에게 넉넉하게 해주지 못한 아픔은 두고두고
제 가슴속에 남을 것이기에 지금도 안타깝기만 할 뿐입니다.
그러나 지난 것에 얽매이지 않으렵니다.
내 인생 얼마를 갈지 알 수 없지만 살아있는 동안 있는 그대로 나누며,
사랑하고 보듬어 주렵니다.
우리 가족 건강하고 씩씩하게, 주눅 들지 않고,
착하게 살아가기를 기도합니다.

나 태어난 날

그날은 어떠했을까?
눈 오는 날이었나?
겨울비가 내리는 날이었나?
추녀 끝 고드름 주렁주렁 매달리고
매운바람 불었나?
젖은 손, 문고리에 달라붙는
엄동설한 아니었나?

시린 손
입김으로 녹여가며
탯줄 자르느라
동분서주하셨나?
그래도 고추 달고 나왔다고
박장대소(拍掌大笑)하셨나?

이 아침에 생각나는 건
무슨 이유일까?
나이 먹은 인생살이
허전함이 서리고
노릇 못한 안쓰러움에
후회가 앞선다

오늘이
음력으로
동짓달 열엿새 날
나 태어난 날이란다

화(火)

웃음을 잃고
말을 잃었다
괜한 이유였을까?
아직도 마음속엔 저항하고 싶은 자존심이
남아있는가 보다

다스리려는 마음보다
앞서는
어쩌면 언짢았던
속내를 여과 없이
쏟아내는 것에
더 익숙해져 있는 건 아닐까?

언제나 이맘때가 되면
스스로에 만족하지
못했음을 탓하는
습관이 생긴 것 같다
아니 주어지고
느껴지는 모든 것들이
답답함으로
다가오는 것 같다

못함을 탓하지 말고
상냥함을 말하지 말자
지나치게 기대함을 버리자
그리고
스스로에게 충실하자
나는 나이니까

맏이

1976년 10월 26일
출근길에 탄생했다
기쁨보다는 다행이라는
생각이 앞섰다
유산이라는 슬픔이 있었기에
100일 지나고
첫돌 지나고
유치원, 초등학교를 거치는 동안
한 번도 속 썩이는 일 없이
혼자 힘으로 잘 해냈다

1990년 가을
담임선생님의 간곡한
진학 조언이 있었다
그때
마다한 나를 돌아본다
내 욕심이었나?
아니면 박봉인 때문에
누군가 한 말
후회는 어리석은 자의 잠꼬대라고

지금은 아이 낳고
직장생활에 버겁지만
속 깊고 말 없는 맏딸
안쓰럽고 후회(後悔)되고
볼 때마다 측은하다
한 잔술에 취해
손을 꼭 잡아준다
네가 정말
행복했으면
좋겠다

둘째

때는 3월 중순
1박 2일 떠난 출장길
옷깃을 여미게 하는 날씨였다
만삭의 아내와 맏이만 남겨두고
집 떠난 안쓰러움에 하루해는 길기만 했다
부랴부랴 새벽녘에 집에 오니
썰렁한 아랫목에 힘없이 누워있는 아내
몸 풀었네

"미안해, 여보"
눈물이 왈칵 솟는다
"딸이면 어때, 괜찮아"
아내의 볼에 입맞춤해 주며
얼마나 힘들었을까?
미안함을 달랬다
"어머니! 아무 이상 없대요?"
"그래. 모자보건요원이 받았는데 순산이었고
모두 건강하단다"
이렇게 둘째는 안쓰럽게 태어났다
건강하고 씩씩하게 커다오

벌써 38년,
어린이집 선생님으로
평생교육사로
박봉에 허덕이면서도 걱정 없이 씩씩하다
"너 언제 시집갈 건데?"
"아빠 밥상 내가 차려주니까 기분 좋지?"
딴청이다
자랄 적 용돈 한 번
제대로 줘보지 못했는데…
아버지 노릇 잘 못했던 기억들이 맺힌다

"혜란아! 아빠가 미안해
그런데
얼른 시집갔으면 좋겠네"

아들

딸 둘을 낳았다
어머니 말씀
"얘야, 하나는 더 낳아야지"
어느 날 아내가 하는 말
딸인가 봐
왜 안 낳으려고,
아니 되네

나는 그길로 아내 몰래
더 이상 아이를 갖지 않기로 했다

며칠 후
딸도 좋으니 셋 낳아 잘 기르자
그렇게 세월이 갔다

늦은 시간 퇴근하니 사색(死色)이다
진통인가 봐
병원으로 보냈다
두 딸을 데리고 잠을 청하나
눈만 멀뚱멀뚱
시간만 보냈다

새벽
전화벨 소리가 요란스럽다
장모님의 기쁜 목소리가 수화기에 들린다
"여보게! 아들일세"
1980년 3월 28일 새벽 4시
그렇게 막내로 아들이 태어났다
그런 아들이
한 아이의 아버지가 되어 있다

나 같은 아버지는 되지 않았으면 좋겠다
매사에 긍정적이고 많은 대화를 나누는
그런 아버지가
되었으면 좋겠다

아버지

아흔여덟
벌써 4년이 지났다
미안함이 서린 야윈 입가에는 무언가
말씀이 담겨 있었다
무겁게 짓누르는 눈꺼풀이
힘겨우셨나 보다
미안하다는 눈길
그렇게 가셨다
왜 눈물이 마른 것일까?
아니면 기가 막혀서
어릴 적 기억이 맴돈다
가정, 자식들을 얼마나 생각하셨을까?

지금의 나
아버지 되어 떠올린다
그런 생각 안 들도록 잘하고 있는 건가?
철이 드니
아버지의 괴로움, 걱정거리, 외로움
이해할 수 있었다
그러나
힘겨웠던 살림살이를 볼 때마다

역한 분노(?)도 겪었다
모두가 힘겨웠던 시절
3대 독자 외아들로 태어나시고
조실부모하셨다
일제시대 죽을 고비 넘기셨고
70 넘어 몇 차례의
대수술을 받으셨으면서도
건강하셨는데…

뒷바라지하시느라 고생하신 어머니가
눈에 밟힌다
백수를 하셨으면 좋았을텐데…

어머니

아흔일곱
점점 왜소해 지시네
온갖 고생 마다하지 않으시고
일곱 남매 키우셨네요

이제 남은 4남매
잘 살아야지
걱정 근심
끊이지 않는데
효도는 하는 걸까?

어릴 적
잘못은 덮어주고
용기는 북돋아 주셨던…
없는 살림 살피시며
이것저것 챙겨 주시던
어머니

철들어 용돈이라도 챙겨드리면
한푼 두푼 모았다가
쌈지 풀어 보태라 하시던
어머니

내 나이 어언 칠십 후반
못다 한 자식 노릇에
마음이 아리다

엄니

파란 하늘 꽃밭에 잿빛 구름이 피었다
너울너울 피어오르니 맺힌 한 풀려는가?

시절은 하 수상했지만
새 길이 열리고 희망이 잉태한 5월에
희로애락(喜怒哀樂) 버무려 사신 긴 세월
백년의 이승을 버리시고
홀연히 떠나셨다

하 많던 시름을 홀로 견디시며
못난 자식 잘되라고 정안수 차려놓고
목이 쉬도록 비셨는데

엄마 걱정 해 봤는가?
효도는 해 봤는가?
차일피일 보낸 세월 흰머리에 주름살 늘어진
불효자가 되어 있네

탄식하며 고개 숙이니
후회의 주마등만 빠르게 지나고
세월 따라 나이만 배불리 먹었다

돌아봐도 소용없는 인생사
마음 다잡으려 하늘을 우러르니
그리운 엄니 모습 구름밭을 휘젓는다

눈가에 이슬 맺히고
이내 여울처럼 흐르는 눈물은
덧없기만 한데
아범아! 힘내거라!

엄니의 목소리가 귓가를 맴돈다

개구쟁이

7살 도권이 녀석
"할아버지, 씨름하자!"
유치원에서 오는 시간
저녁 6시
가방을 동댕이치듯 벗어버리고
와락 달려든다

그렇게 지낸 세월 5년여
어르고 타이르고
키워준 세월 속에서 정이 들었다
맏이의 아이였기에 애틋함이 있었다

그 녀석이 오늘 입학을 했다
상현초등학교 1학년 3반 남도권
선생님 말씀 잘 듣고
친구들과 사이좋게 놀고
공부 잘하는 착한 어린이로 컸으면 좋겠다
헤어지며 건넨 말은
귓전[13]이다

---

13) 귓바퀴의 가장자리인데 말을 잘 안듣는다는 뜻

집안이 횅하다
금방이라도 할머니 하며
뛰어 들어오는 것 같다
이제
하루밖에 안 지났는데

건강하고
착하게
정직하게 자라서
꿈을 이루는 사람이
되기를 기대해 본다

*손주 초등학교 입학식에 다녀와서(2016. 03. 02)

결혼 45주년(홍옥혼)

꽃길을 걸었는가?
그늘 하나 없는 사막을 걸었는가?
천신만고하면서 살아온 세월
'아직'이라는 생각에
잠 못 이루는 밤이 얼마였었나?
사십오 년 동안 그렇게 살았다
앞만 보며 살았다
해가 가면 달라질 수 있을 거라는 기대는 사치였다
후회했지만
넉넉함보다는 부족한 명예가
더 소중했다는 변명으로 살았다

아직 걷기 거북한 아내가 오늘따라 밟힘은
지나온 세월의 한이 많아서인가 보다
박봉의 살림살이 쪼개고 또 쪼개가며
시동생들 학비 보태고
삼 남매 키우느라 동분서주했던 시절들
그래서 미안함이 많아 잠 못 이루고
잘해주지 못한 쌓이고 쌓인 안쓰러움이 사무쳐
눈물 흘리며
돌아보기를 열두 번도 더

어느덧
봄, 여름, 가을, 겨울 4계절 인생살이
아프던 그 시절도 바람 따라 흘러가고
서리 내린 귀밑머리 늘어만 가는데
아직도 쌓이는 걱정거리가 발목을 잡는다
여보시게!
이제, 그만 하나 둘 내려놓고
그냥 이대로 부족한 듯 살아갑시다
설령
마음은 가는데 몸이 따라 주지 않고
생각은 하는데 실천할 수 없을지라도
마음 편히 오손도손
살아가면 좋지 않겠소

로즈데이

딸아가 건네 준
장미 한 송이
노란 꽃잎 겹겹이
온갖 치장 다 하듯
초록의 날개 달고
갈맷빛 줄기 기둥 삼아
피운 꽃송이

수줍은 듯
뽐내는 듯
꺾일까?
가시를 품었나
잊힐까?
가시를 품었나
아니
보듬어 준 사랑
간직하려고?

그래
딸아 마음 그대로인걸

코로나 선거

코로나가 세상을 뒤집는데
돈 잔치는 부추기고
조석으로 차가운 기운은
봄날이 고뿔 걸리고
돋아나는 새싹은 몸살 앓을까?
걱정인데
알까? 모를까?
하늘이 알고 땅이 알고
네가 아는데
오호라 우리네 인생살이
어이 하면 좋을꼬
에라!
될 대로 되라지

둘째 결혼

하늘이 비를 뿌린다
축하의 향연을
펼쳐 주려는가?
온갖 시름 잊게 하고
근심 걱정 씻겨 주려는가?
쏟아지는 빗줄기에 긴 세월의
여운을 실어 보낸다

착하게 살았고
남에게 걱정 끼치지 않고 살았다
비록 늦깎이 혼인이지만
좋은 사람 만나 언약의 손을 잡았다
인생의 끝이 어디인지는
알 수 없지만 새로운 시작은
큰 희망이고
이루기 위한 꿈이다
이제 그렇게 만나고 약속의
의식을 치렀다

가족과 귀빈의 축복 속에
한아름 장미꽃을 주어야겠다

희망의 메시지를 전하고
행복한 삶을 지켜가기를
사랑의 열매가 맺어 가기를
소망해 본다

우리 둘째 혜란아!
많이 만이 사랑한다

*성남 가천대 컨벤션 센터 5층에서(2023. 07. 09)

화려한 은퇴(retier)

어릴 적 물장구치고 자맥질하며
피라미 쫓던 시냇가 청석 바위
옛 모습은 간곳없고
물가에 덩그러니 외롭다

어려운 살림살이 힘들어
정든 땅 등지고
동분서주하다가
우연히 만났던 서울역 입대(入隊)길

파란 많은 삶에서 철들고
어른 되어 예까지 왔는데
주름살과 백발도 함께 왔네, 그려

사랑하는 친구야!

낯설은 이국(異國)에서
능력과 열정으로 이겨낸 직장생활
정말 잘 해냈고
자랑스럽다

희로애락(喜怒哀樂) 지낸 세월 아쉽겠지만
남은 여정(旅程)일랑 하느님 뜻에 따라
우리 함께 정(情) 나누고 보듬으며
행복하게 이어가자

마장호

구부렁길 돌아서니
옷깃을 파고드는 봄바람이 싸하고
이따금씩 얼굴 내밀 듯
햇볕이 따사롭고
바람맞은 잔물결 윤슬에 눈이 부시다

나는 소나무 숲 정자에 앉아 사유(思惟)하는데
어미 오리, 새끼 오리
앞서거니 뒤서거니 종종걸음 하다가
자맥질도 한번하고 먼 산도 바라보며
한가로이 노닌다
부리나케
소나무 사이 오솔길 따라 출렁다리 건너니
휴~ 한숨이 절로 난다

언덕배기 우뚝한 전망대
찻집에 올라 사방팔방 바라보니
연두색 나뭇가지 봄바람에 하늘거리고
잔물결 일렁이는 호숫가엔
오가는 발걸음들이 줄을 선다

뷰(view) · 1

열이틀의 시간이 지나간다
이른 아침 창밖은 육중하게 자리한 건물 사이사이를
음산한 기운이 회색 공간에 채워져 있다
골조 공사가 한창인 30층 아파트 공사장에는
외다리에 의지한 긴 팔이 쇠줄을 늘어뜨리고
하늘을 향해 뻗어 있다

출근길의 시작인가
도로를 가득 메운 차량 행렬이 바쁘고
초록을 기다리는 멈춤은 붉은 마음이다
나는 열 층 거실 의자에 앉아
보다만 조간신문을 내려놓고
하루가 시작되는 세상을 본다
아우성치는 것인가?
아수라[14]인가?
온통 세상이 아등바등
아귀다툼하듯 요지경 같다

---

14) 싸우기를 좋아 하는 귀신

뷰(view) · 2

열 사흘째
이제 조금씩 창밖이 보인다
햇살 없는 회색 하늘가에
군데군데 흰 노을이 보인다
미세먼지로 뿌옇게 바랜 공간이 음침하다
바삐 오가는 자동차의 행렬이 없었다면
육중하게 자리한 4개의 타워크레인 아래
빨간 안전모를 쓴 일꾼이 보이지 않았다면
지척에 쭉 뻗은 4차선 도로에
빨간불, 파란불이 보이지 않았다면
아마도 모든 것이 정지된 세상으로
보였을 거다

서서히 바라보면 정면으로 해든 빌
고개를 들어 전방엔 포엔젤
우측엔 십자가 높게 달린 태봉교회
골목길엔 쇼핑백을 들고
흐느적거리며 걷는 사람도
통학길인가 노란 버스도 보인다
앞을 가로막은 아파트가 밉지만
참아야 한다

그리고 테스를 흥얼거린다
힘든 세상이라지만
이렇게 또 하루는 시작되고
잡지 못하는 세월은 흘러간다

58일 남은 경자년
중국발 코로나가 온 세상을 힘들게 하고
진실을 왜곡하고 거짓을 감추려는
법 위에 군림하고 제 식구 감싸느라
밤새는 줄 몰랐던
한해가 아니었던가?
한 번도 경험해 보지 못했던 일들이
개혁이라는 허울로
둔갑했던 한해가 아니었던가?
나 태어나 처음 접했던 일들이
하나씩 둘씩 겹치며
이렇듯 필부의 마음을 할퀸다

뷰(view) · 3

넓게 보이는 대로가 고샅같이 보인다
자욱한 연무가 중간부터 시야를 가린다
공사장 높다란 기중기 팔이
건축자재를 매달고
안착할 곳을 찾는다
온통 연회색의 하늘은 고요한데
땅길을 오가는 자동차의 행렬은 부산하다

세월은 가는 걸까?
아니면 오는 거라 해야 하나?
이렇게 생각하는 동안
코로나로 시작된
힘들었던 한 해도 섣달의 중간이니
빠르다고 해야 하나?
밖은 아직도 묵직함 그대로다
10층 베란다의 알싸한 냉기를 맞으며
시선 닿는 끝자락을 기웃해 본다
한 올 두 올 쌓인 흰 머리칼에서
지나온 세월의 흔적들을
헤아려 본다

힘겨웠던 시절
외로웠던 시간들
견디느라 몸부림했던 아픔의 세월은
무엇으로 채워졌을까?
보듬어 준 사랑이었을까?
외길 걸어 얻은 명예였을까?
되돌릴 수 없음에 멍하니 눈을 감는다
꿈을 꾸고 꿈을 갖고 싶어서

뷰(view) · 4

영하 19도
가장 추운 날이다
동트는 붉은 기운이
남녘 끝자락을 물들인다

뻥 뚫린 널찍한 차로의
빨갛고 진한 녹색 불빛이
오가는 수레의 행렬을
가다 서다를 반복하게 한다

온통 무겁게 짓눌린 듯
얼어붙은 듯
을씨년스럽다

하루를 여는
시간도 굼뜨다
코로나로 굼뜨고
강추위로 굼뜨고
그렇지만
우리네 일상은
굼뜨지 않았으면 좋겠다

여명(黎明)

캄캄한 밤
괴괴한 공기가 감싼다
검은 띠를 두른 하늘이 흉물 같다

악몽에
시달렸던 잠자리에서
벌떡 일어난 나는
털어지지 않는 잔상으로
비틀거림을 가눌 수 없었다

정신 가다듬고
창문 열어 찬바람 맞으니
온몸이 얼얼하다

얼른
햇살 화려한 아침이 왔으면 좋겠다

5월이 저무는 새벽

청명(淸明)하게 탁 트인 하늘
소만(小滿) 지나
하(夏) 열기가 오는가 싶더니
찬 이슬 내려
방울방울 여린 꽃잎에 맺히고
어둠을 몰아가는
산들바람이 옷깃을 여미게 한다

하루를 여는 새벽
어스름 속을 아내의 시린 손을 감싸며
시냇가 공원을 걷는다
풀숲에는 찬 이슬 머금은 애기똥풀 노란 꽃
갈퀴나물 보라색 줄기꽃이 반기는데
물 위를 노닐며 자맥질하던
오리 가족은 간 곳 없다
돌다리 건너며 가던 길 멈춰
낭랑한 물소리에 취하는데
물풀 사이 노닐던 잉어 떼가
화들짝 놀라 푸드덕 물살을 가른다

동녘 먼 하늘가
붉게 떠오르는 태양 빛은
하늘을 떠받든
짙은 갈맷빛 봉우리 숲을 깨우고
물 위엔 눈부시게 윤슬을 빚어내는데
모락모락 피어오르는 물안개는
어느덧 산허리를 휘감는다

이렇게 고요가 지나면
바람 소리, 새소리, 물소리
아스라이 경적(警笛)이
뒤섞여 여울지고
뛰는 사람, 걷는 사람
두런두런 사람 소리에
공원의 아침도 부산하고
질주(疾走)하는 수레들은 약속이라도 한 듯
새로운 희망을 보듬고 달려 나간다

제 3 부
사노라면(人生)

계절이 바뀌면 세월도 가는데
태어나 지금까지 빠르게 지나가는 것이
세월이라고 느꼈던 때가 언제였나를 생각해 봅니다.
산자수려(山紫水麗)하고, 인심(人心)이 온후(溫厚)하다는
고향 산천에서 동심(童心)을 키우고 영글게 했던
시절이 있었기에 미래를 꿈꾸며,
열심히 살았다는 생각이 듭니다.

그러나
성공한 인생을 살았는지는 잘 모르겠습니다.
맑은 물 벗 삼아 뛰어놀던 시냇가 '청석 바위'
지금은 외롭게 홀로 있는 그곳엔
아무도 찾는 이가 없습니다.

자연은 언제나 그대로의 본 모습을 보여 주려 하지만
인간은 팔색조가 향연(饗宴)이라도 하듯이
이기적(利己的)인 생각과 말(言)을 서슴없이
바꾸는 속물(俗物)이 아닐까 생각하게 합니다.

그래서 많이 부족하다는 것,
채우지 못했다는 것들로 홀로 지새우며
지친 외로움에
사유(思惟)하는 날이 많았었나 봅니다.

술독(酒毒) · 1

늦가을
비가 추적이는 저녁
엊저녁 마신
술독이 종일토록
온몸을
을씨년스럽게 한다

웬 술을 그리 마시고
힘들어합니까?
아내의 핀잔 들을까 봐
숯가마로 향했다

황토로 빚은 공간에 갇혀
땀을 쏟는다
5분, 10분, 15분, 20분
숨이 막힐 지경이다

섭씨 127도의 중온탕
한 번, 두 번, 삼세번인데
세 번은
들락여야지

넉살 좋은 아주머니의
말씀 따라
나도 삼세번
이제 다 빠졌을까?
찬물에 샤워하고 나니
개운하다

이 맛에
길들어졌는가 보다

술독(酒毒) · 2

함박눈이 쏟아진 어제
잃어버린 세월이 얼마였던가를
되뇌며 보냈다

밤새 퍼마신 술독에
흐느적거린 어리석음을 탓하며
황토벽 속에 들어앉아
땀을 흘렸다

내 인생에 중요한 이는
누구이고
내 인생에 중요한 이는
과연 있는 것인가?
혹여 탐욕에 눈이 멀어
허튼 생각을
하는 것은 아닐까?

이제는
내 인생에 중요한 것을
고민해야 할 때

아무것도 아닌 욕심에
얽매어 갈팡질팡하는
마음은 버려야 한다
내 인생의 중요한 것을
지키기 위해서라도

늙어감

나도 모르게 눈물이
흐른다
뭔가가 슬픈 것인가?
목이 이상하다
콧물도 쏟아진다
목감기가 걸렸나?
몸도 찌뿌드드하다

엊그제
젊은 친구들과 어울려
소주 맥주 폭탄주를
마시고
내친김에 노래방에
갔었다

목청을 돋우고
다시 한잔 걸치니
하늘이 돈짝같이
보였나 보다
새벽 찬 공기를 마시며
집에 오니 03시

지금 이렇게
콧물 눈물 쏟고
쉰 목소리를 토하며
좁은 공간
북적이는 이비인후과에
앉아 있다

삶의 의미

일흔을 살아온 삶
어떻게 살았나?
철없던 시절도 있었고
철들었다고 느끼는 순간
어렵고 힘든 시간이었다
돌이켜 생각해 보면
전후좌우 돌아볼
겨를도 없이 달렸다

무엇을 담았나?
삶의 지혜를
삶의 믿음을
아니면 삶의 행복을
그도 아니면
철든 삶을 담았나?

그럭저럭 세월 보내면서
가정 꾸려
아들 딸 낳아 키웠고
성공이라는 목표를 향해 몸부림쳤다
지금 나 철 들었나?

다시 생각함은
아직도 삶의 의미를
터득하지 못함이리라
이제 남은 인생
느끼는 삶을 위해
믿음으로 살고
즐김으로 살고
나눔으로 살고
더 이해하며 살자

새로워지려면 늘
새로운 마음을
가져야 하니까

한잔 술

한 잔 술에 취하고
정답게 나누는 진한 농담에 취해
시간 가는 줄 모르게 마신 술 기운에
마음은 바다같이 넓은 척
온 세상 내 것인 양 지갑을 열었던
어제였습니다

그렇게 술시에 만난 친구와
기분 좋게 즐겁고 질펀하게
술판을 벌이고
낯모르는 주모와 춤추고
신나게 노래하는 시간을
만들었습니다

어쩌면 한 번도 해보지
못했던 만남의 시간이었지요
거나해진 몸이
휘청일 때마다 서로의 손을 잡아주고
행여 돌부리에 넘어질까 의지하며 걸었던
낙엽 깔린 늦가을 밤길의 정취는
잊지 못할 추억이었습니다

친구가 있어
즐거웠고
친구와 함께해서
행복한 밤이었습니다

눈물

눈가에 맺힌 이슬처럼
글썽이는 물방울
떨어질 듯 말 듯 하던
눈물은 이내
굳어 버린 마음을 녹인다

타는 목마름처럼
지내 온 세월에서
얼마나 많은 눈물을 흘렸는가!

돈이라는 것
명예라는 것
권력이라는 속물에 매여
나 서 있는 곳조차
어두운 현실로 느낀다

욕심, 욕망
아니면 열정?
무엇을 위해, 뉘를 위해,
눈가에 맺히는 눈물의
의미는 무엇인가!

속내를 감춘
탄식의 표현인가?
활기를 잃지 않은 영혼의 산물인가?
삶의 무게는
아랑곳 하지 않고
그렇게 세월은 간다

독감

한해가 시작될 무렵이면
어김없이 찾아오는 연례행사
감기가 독감으로
면역력이 약해졌나?
항체가 부족했단다
밤새 열 오르고
온몸이 땀에 젖었다
밤새도록 걱정한 아내에게 미안하다
몇 날 동안을 흐느적거리듯 몸이 이상하다

마음 다잡아 기력을
다해보지만 후유증은
얼른 멈추지 않는다
나이 탓인가?
괜찮아요?
조금만 하고
조심해서 다녀오셔요
걱정하는 말을 뒤로 하고
새벽 공기를 마시며
헬스장으로 향한다

독백(獨白)

남자는 마음으로 늙고
여자는 얼굴로 늙는다고 했던가?
그런데
내 마음의 기백은
어디로 도망간 것일까?
굴곡의 멍에를 걸머지고
땀 흘린 청춘이었는데

알량한 무리는
제 탓은 아니하고
나이 먹은 늙은이 탓만 하는가?
달면 삼키고
쓰면 뱉어 버리는
놀부 심보 어디다 쓸고
한심한 놀음에 신물 나고
세월이 빼앗아 간
젊음의 기백이 그립지만
나는 아직도 당당하게
살아가는 시니어라 자부한다

마음(深心)

지금은 아닌 것을
나는 알지 못한다
그러나 언젠가는 알 날도 있으련만
아무렴, 살다 보면 이해할 수 있는 것을
이렇듯 이해할 수 없음에
마음 졸여야 하는가?

나는 나
너는 너
우리는 어쩔 수 없는 하나

그러나 지금 이 순간
나에게 그리고 너에게
주어진 것은 사랑하고 위해야 한다는
책무가 주어진 것인 것을

너는 아느냐?
이 같은 생활의 조화를
그러나 우매한 인간은 아직
아무것도 알지 못하고
자신의 욕심만을 채우려 하는가?

슬픈 탄식도
무지몽매한 욕설도 부질없는 것을
지나치다 보면 다 그렇고 그런 것을
너는 아는가?
우리 다시 한번 서로를 용서하는 마음을
그리고
이해하는 마음을 다듬어 보자

섭리라는 이치(理致)

살다 보면 신나고
즐겁고 행복할 때도 있지만
슬프고 짜증 나고
안쓰러운 일들도 많지요
열심히 최선을 다해
좋은 결과를 기대하는 일도 있습니다

그러나
세상사는 그리 쉽지 않음을
알게 해주기도 합니다
더구나 자연의 섭리를
점친다는 것은
어쩌면 운인 것 같다는 것을
실감하기도 합니다

수고하고 애쓴 일은
더욱 그러하기에
최선이라는 말이
더 크게
다가서는지도 모르겠습니다

사랑(愛)

사랑은 온유한 것
사랑은 성내지 않는 것
사랑은 오래 참는 것
사랑은 주는 것
사랑은 기쁨을 주는 것
사랑은 행복을 주는 것
사랑은 즐거움을 주는 것
사랑은 기다리는 것
사랑은 활력을 주는 것
사랑은 이해하는 것
사랑은 나누는 것
사랑은 배려하는 것
사랑은 보듬어 주는 것

그러나
늘 나만을 생각해 주고
나를 외롭지 않게 해주는
그런 사랑을 해보고 싶은 거다

열대야(熱帶夜) · 1

희미하게
새벽빛 고요하고
바람은 나뭇가지에 걸려
오갈 줄 모른다
조는 듯 가로등 불빛 외롭고
머문 바람 가르는 소음은
저만치 멀어져 간다

끈적임에 뒤척이다 잠 깨
조용히 문을 열고
뜨락에 앉아 사유(乍惟)에 잠기는데
어디선가
꿔 꺼 억 꿔 꺼 억, 꿔 억 꺼 억
경안천 오리 가족의 새벽 소리
고요를 깨고 질세라
까 악 까 악 까 악
허공 가르는 까마귀 울음소리에
잎새에 걸린 바람 화들짝 놀랬나?
살랑살랑 아양 떨 듯
보듬고 달아나고
보듬었다 달아난다

고요를 머금은 새벽 지나
먼동이 터 오면
동네 모퉁이 두런두런 사람 소리 오가고
멀리 경적이 울리면
시나브로 가로등 불빛도
하나 둘 꺼져간다

이렇게 끈적이던 밤이 지나면
어느새 붉은 빛은 대지를 보듬어
녹색의 향연을 부추기고
손놀림, 몸놀림, 입놀림에
도취된 군상(群像)들은 저마다의 잣대로
요란스럽게 하루를 시작하는가?

이렇게 세월은 가고
인생의 길은 아쉬움을 뒤로하며
약속되지 않은 여정(旅程)을
떠날 뿐이다

겨울 외로움

함박눈이
펄펄 내리는 밤이면
황소바람이 문설주를
할퀴는 밤이면
나는 허전함에
뒤척이는 탕아가 되어
외로운 몸부림으로 지새운다

어느 날인가?
을씨년스럽게 줄 세워진
나목의 숲을 지나칠 때
느꼈던 외로움처럼
동지섣달 긴긴밤은
혼자이기를 거부하네

이 밤 새기 전에
잡아야 할 희망의 끈
뉘라서 마다하리오
세월 따라가는 인생
허전함도 외로움도
달래며 살아가야지

마실

실비 오는 새벽
개천 길 따라 성큼성큼
큰 발작 남기는데
비둘기는 옆에서 종종걸음 한다

하늘엔 비를 보듬은
회색 구름 가득한데
풀섶을 헤쳐 나온 갈대 줄기
대문 열고 서성거리네
마실 나왔나?

행여
오가는 발걸음에
밟히면 어떻게 해

을왕리 바닷가

모래톱 따라
물결 스치는 을왕리 바닷가
덩그러니
바위틈 헤집은 들꽃 한 송이
외로운 길손 발길 멈추게 하는데
어쩌나
젊음의 비키니(Bikini)가 눈길을 끈다

나는
넋 잃은 나그네 되고
바람결에 실려 온 차향에 취해
갯바람 부는 대로 휩쓸리는데
나무 계단 오르는 덜그럭 소리가
연인들의 긴 하품 오수(午睡)를 깨운다

나는 어느새 바다가 보이는
산자락 카페 창가에 앉아
진한 향의 카푸치노(Cappuccino)를 마신다
저만치 물(바다)가엔
세월의 상처인가?
파도의 자국인가?

깊은 주름 오 형제 바위
일렁이는 파도 따라
숨바꼭질하는데
바닷길 가르는 고깃배는
만선을 꿈꾸나 보다

서녘 낙조(落照)는
해무(海霧)에 갇혀 용트림하고
허공을 가르는 갈매기는
외로움을 보듬는다

아~
지난 세월 갈팡질팡
아쉬움에 마음을 잃었나?
갈 곳을 잃었나?
나 지금 이곳에 와 있는데

동장군(冬將軍)

입춘을 지낸 지 한참인데
새벽 발작 눈이 내렸네
영하 6도
새벽바람 찬바람이
볼을 스치고
옷깃을 파고든다
봄은 오려나?

시샘하듯 동장군은
봄비 끝에 달려왔다
뭐가 아쉬워서
그래서
생명의 재탄생은 어려운 것인가?
매화꽃
애기 봉오리가
행여 얼까 걱정이다
아니
속 타는 필부의 마음도
얼어붙을까 걱정이다

3월 새벽

먼 산
아지랑이 간곳없고
옷깃 파고드는
꽃샘바람
아기 봉오리 움츠리는 새벽
날씨가 널뛰듯 하네
계절도 봄을 타나?

봄 안개

일찍 찾아온 너
온통 하얗다

우윳빛 아니면
연회색으로 채워진 공간은
한 뼘 앞을 볼 수 없다

감춰진 봄의 여신을
보여주기 싫어서인가?
지친 마음 보여주기 싫어서인가?

지금
여기 오롯이[15]
봄은 와 있는데
느끼지 못하는 마음의 봄은
아직 보여주기 싫은 거야

그래 내 마음도
아직 멀리 있으니까

---

15) 모자람 없이 온전하게, 외롭고 고요하게

겨울비·2

포근한 바람에 실려 온
이슬비가 내린다
종일토록
짙은 회색 하늘은
봄을 기다리는 청춘을 설레게 하는데
운무에 묻힌 세상은 깨어날 줄 모른다

한낮이 가고 밤이 오면
그리움에 지친 여인의 마음같이
외로움에 멍든 필부의 마음처럼
어루만져줄 뉘를 기다리는가?
차라리
비를 맞으며 길을 떠난다
행여 만날 수 있을지도 모른다는
기대를 안고서…

그리고
저만치에 다가와 있는
봄의 환영을 보듬는다

팔당호·1

꽁꽁 얼었던 호수가
너울을 탄다
벌써
봄기운이 내린 건가?
갈대숲 헤친
새끼 오리 종종걸음으로
물속을 가르고
뉘엿뉘엿 서산의 노을이 붉게 탄다

아직
옷깃을 파고드는
칼바람의 여운이 귀 볼을 얼린다
잔잔한 물 위엔
탄생을 꿈꾸는 연 줄기가
구겨진 철근처럼 엉켜있다

땅거미 질 녘
물안개는 보이지 않고
을씨년스러운 산책로엔
오가는 사람 하나, 둘
아직인가?

물 위에 떠 있는
파란 하늘엔 회색 구름
덮이고
어둠의 장막은
발길을 재촉하게 한다

팔당호 · 2

떨어지는 잎새가
바람을 탄다
저만치 가는 가을색 뒤로
더벅머리 갈대가 일렁이고
흰머리 억새는
댑바람을 부른다

물 위를 나르는 철새는
파란 하늘
파란 물을 보듬어
뭉게구름 너머로 날고
소설 지난 강바람 잔물결에
윤슬이 눈부시다

뱃전에 기대어 하늘을 보듬는데
짜릿한 상쾌함이
가슴을 훔친다
멀리 등성이엔 잎새 떨군
앙상한 가지의 군상들 줄 서고
배는 고구려의 아리수를 오가며
물결을 가른다

족도(島)에 살던 가마우지는 간곳없고
아스라이 다산 고택
남북 한강이 만나는 두물머리
화사한 늦가을
햇볕이 따사롭다

뱃전에 기대 강바람을 호흡하니
별천지가 따로 없고
연꽃의 향연은 한물갔지만
세미원의 명성은 그대로인가?
가을에 묻힌 수종사의 풍경소리가
들리는 듯하다

팔당호 · 3

잔잔한 물결에 실린 바람은
온갖 시름 씻어 주고 어디론가 떠나는데
연잎 사이 새끼 오리 요리 숨고 조리 숨는
숨바꼭질 재미있나 보다

그늘진 저편 봉우리에 뭉게구름 피어오르고
석양빛 곱게 물들면
호반에 비친 그림자는
긴 여운을 남긴다

나는 한가로이
사유(乍惟)[16]를 즐기는데
물풀 사이엔
짝 찾는 물잠자리 부산하다

바람은
얄미운 정인처럼 보듬는 듯, 안기는 듯
머물다 달아나고, 달아나다 멈칫하며
어둠을 몰아간다

---

16) 乍惟: 잠깐 사, 생각할 유

시나브로
물밑으로 노을이 잠기면
나는 덩그러니
땅거미 지는 호숫가 벤치에 앉아
옛 생각 접고 또 접어
훗날을 다짐한다

마음을 비우고
생각을 비워
바다같이 넓은 마음
하늘같이 무거운 행동으로
길을 나설 거라고

술(酒)

술을 마신다
기쁠 때나
슬플 때나
즐겁고 행복할 때도
마신다

왜 마시냐고 묻는다면
뭐라 답할 수 있을까
외롭고 쓸쓸해서?
그냥 즐기고 싶어서?
아니면 술이 좋아서?

누구나
만나면 "언제 술 한잔합시다"가 다반사
모든 모임 때도
빠지지 않는 술
한 잔, 두 잔, 석 잔은
마셔야 한단다

그렇게
사람들은 술을 마신다

삶의 旅路,
　　내 나이 일흔일곱

취하면 망나니도 되고
취하면 인사불성
넋 나간 사람도 되는 술
사람이 아니 마시고
술이 사람을 마신 건가?
스스로에게 외친다

이 사람아
정신 차려!

우정(友情)

한 해가 저문다
우정을 잃었다
안타까운 마음에서
던진 농담 한마디
그렇게
마음을 아프게 했나?
부족함 없이 자란
배경 때문이었나?
왜 부족하다 했는가?
탓하는 평생지기가
뱉은 씨 ㅇ ㅇ

그러나
그 우정조차도 버리고
싶음이 아니다
늘 부족하다는
생각 속에 살아온 나인데
하는 일 더 잘하라고
받은 훈장이 빛이 난다
친구들의
격려가 위로를 더해준다

너와 친구 되었음이
자랑스럽다고
더 많은 우정의 빛이
바래지 않기를 기대하며
스스로 담금질한다
노을에 걸린 태양 빛이
밝음은 희망이라는
미래를 선사하기 때문이고
새해를 맞이함은
늙어감이 아니라
도전할 수 있는 기회를
주는 것이라고

약속(約束)

나는 어떻게 살았나?
많은 사람들을 만나고
많은 사람들과 말하고
많은 사람들과 식사하고
차 마시고, 술도 마셨다

때로는 함께 걷고
함께 일하고
웃기도 하고
슬퍼하기도 하고
눈물을 흘리기도 하고
다투기도 했다

정인과 함께 영화도 보고
여행하는 행복한 때도 있었다
명산에 올라 자연을 정복했다고
자랑도 했다

어떤 때는 한잔 술에 취해
노래방에 들러
목청껏 노래도 부르며
춤을 추기도 했다

지나 보니 모든 것이
계획된 약속의 결과였다
저녁 식사 같이하시죠
지나가듯 한 말이었나?
약속은 지켜졌을 때
행복한 것인데

시간과 사랑

하루 이틀 사흘
여러 날 지나는 동안
아무것도 달라지지 않았다
외로움도 기다림도
지쳤나 보다

어느 날 갑자기
찾아든 사람처럼
그렇게 자리 잡은 사랑
먼 산 바라보듯
허공에 그려보듯
잡히지 않는 시간을 보낸다
그리고 가는 세월처럼
사랑도 실려 간다

그러나
아무렇지도 않게
나는 또 기다린다
이룰 수 없는
꿈이라 해도
기다림은 희망인 거다

그래서
시간은 사랑을 식어가게 하고
사랑은 시간을 가게 하는가 보다

어둠의 탄식(歎息)

눈을 감으면
어둠이 펼쳐진다
무엇을 그릴 수 있을까?

보랏빛 생각을
꺼내 보지만
검정색 물감 속에
들어가 있는 느낌이다

장밋빛 꿈을
꺼내 보지만 펼칠 수
없는 안타까움이 있다

아직 하고 싶은 일도
아직 이루어야 할 일도
많은데 어둠은 그냥 거기에 있다

언제쯤 걷힐 건가?
기대하지만
감은 눈은 좀처럼
떠지지 않는다

무슨 생각을 하는 걸까?
나 아닌 그대는
나처럼 어둠을 헤매지는 않겠지

그렇게 살자
꿈은 멀리 있을지라도
행복은 가까이에서
찾을 거라고

낮달

파란 하늘에
덩그러니
하얗게 비추는 반달이
외롭게 보인다
어둠이 외면한 탓일까?
봄은 가까이 와 있는데
봄소식 가진 제비는 돌아올까?
궁금하고
너와 나의
꽃소식은 어디쯤 오는 걸까?
궁금하다

소내

오래전
이곳은 나룻배
오가는 강이었다
이쪽저쪽
산기슭을 막아 댐을
만들어 이름하여
팔당댐
널찍한 호수 하나
팔당호가 생겨났다

강바람
눈바람
얼어붙은 강 위엔
얼음 바람이 몰아친다
물웅덩이 먹이 찾는 기러기 날고
먼 산봉우리엔
눈바람이 인다

지금 나
피아노 선율에 취해
창가를 서성인다
강 건너 저쪽
아스라이 세월이 간다

미움

새벽,
발작눈[17])이 내렸다
싸늘한 바람이 귓가를 스친다
간밤 잠 못 들게 했던
사연이 이내 섭섭함으로 번진다
시원한 대답에서
희망을 생각했는데
또 지나치고 말았다
왜 이리 대답이 쉬운 걸까?
지키지 않을 거라면
대답이나 하지 말 것을

솔직하게,
행여 미운 마음으로 번지지 않을까?
마음 한구석에 자리한
미련이 간다
아주 멀리
떠나보내려 한다
관계라는 허울보다는
미움의 마음을
지워야 하기 때문이다

---

17) 발자욱이 날 정도로 내린 눈

夜花(달맞이꽃)

노란 입술에
피어오르는 향기가
꽃바람을 일으킨다
뭔가 떠 올리려 하는데
그냥 다소곳이 기다릴 뿐이다

뙤약볕 내리쪼이는 한낮을 지나칠 때면
미소 띤 다문 입술은
입맞춤을 기다리는
그리움인가?
설레는 속마음
미움의 시작인가?

이렇게
말 없는 사랑은
하염없는 기다림 되어
애태우며 밤을 지새웠나 보다

키스라는 것

키스 자주 하시나요?
언제 해봤지?
기억이 가물가물하다
새삼
의미를 생각해 본다

존경한다면 손등에
헌신한다면 발에
감사한다면 그이의 뺨에
우정을 표현하고 싶다면
그 사람의 이마에
사랑하고 싶다면
그녀의 달콤한 입술에 키스하셔요

정열을 불태우고 싶으신가요?
그녀의 귓볼에 하셔요
걷잡을 수 없는 욕망을
나타내고 싶다면
그 여인의 목덜미에 하셔요
아니면
안식을 원하시나요?

그녀의 가슴에 하셔요
평화를 원하신다면
그녀의 배에 하셔요

아직 해보지 않았다고요?
거짓말
새벽잠에서 깨어나
곤히 잠든 아내를
보듬어 입맞춤했지요
얼마 만인가?

나이 들어 식어 가는가?

인사(人事)

새벽을 찾는 사람들
오가는 발길에서 활력을 본다
행여 마주치면
눈인사는 해야 하는데
야속하게 쌩
바람이 인다
웃음을 잃었나?
무에 그리 바쁜가?

옷깃만 스쳐도
인연이라 했는데
마주치는 인연
어쩌다 터치하는 인연
하 많은 인연 쌓고
살아가는데
미소 한 번 지어주면
목례 한 번 해주면
어디가 덧나나?

바쁜 척
모르는 척

지나치는 인연들이다
야속함도 있고
속상함도 있고
얄미움도 있네
왜 이리 삭막해졌나요
먹고살기 힘들어서?

우리 한번 껄껄 웃고
아는 체 좀 해보자고요

떠났다

배낭 메고 홀연히
푸른 숲으로 갔단다
희로애락(喜怒哀樂) 가슴에 품었으리라
순간순간을 살면서
꿈도 품고
욕망도 품었을 터

그런데
무엇이 그리도 무거웠을까?
지위와 명예
권력의 뒤안길에서 으스대며 살았는데
갈 데까지 간 것인가?
무엇이 생을 끝내게 했을까?
염치는 있었네

그러나
혼자 가면 끝이라 생각했나?
떠난 사람이 원망스러운 것은
욕정(欲情)에 눈이 멀어
품격(品格)을 실추(失墜)시켰는데
머 잘났다고 감싸는지?

한심하기 짝이 없네
그렇게 가면 그만이고
한 줌 재가 되는 건데
무엇을 더 바라려고
아옹다옹
안절부절 눈치 보고
온갖 험담 들어가며
참는다고 하며 살았겠지

권불십년이라 했던가
관리(官吏)의 인생이 처량해 보인다

제 4 부
꿈과 희망(希望)

흙수저로 태어났지요.
초등학교를 건성으로 다니다가 정신 차린 것은 5학년 때였습니다.
나름 부지런히 공부하여 5, 6학년을 우등으로 마치고
어렵사리 중학교에 진학했습니다.
어머니의 힘든 살림을 도우며 살다 보니 학교 성적은 좋을 리가 없었지요.
3년을 그럭저럭 다니고 누님의 정성(精誠)으로 고등학교에 들어갔습니다.
무탈한 학교생활이었고, 선생님의 사랑을 받으며,
졸업 후의 진로를 걱정하면서 열심히 공부했지요.

그러나 학교에 다니며 살림을 돕다가 심한 화상을 입고 고생한 일도 있었고,
산에 나무하러 갔다가 도끼에 오른쪽 둘째 손가락을 찍혀
신체적 어려움을 겪었던 때도 있었습니다.
고등학교를 우등으로 졸업했지만
대학 진학의 꿈을 버리고
공군에 입대하여 3년 5개월의 군(軍) 생활을 마친 후
이곳저곳을 전전(轉戰)하다가
말단 공무원이라는 직업을 갖게 되었지요.

꿈은 나도 빨리 계장이 되었으면 했지요.
다행스럽게도 면(面) 계장에서 군(郡) 과장도 되고,
도청으로 올라가서 과장, 담당관이 되고
좋은 성과를 거둬 1천만 원의 상금을 획득하는 쾌거(快擧)도 있었지요.
말년에는 부시장이라는 직함도 얻어
후배들을 격려하고 사랑으로 지도하면서
시민들의 칭송을 받도록 최선을 다했지요.

남모를 어려움과 노력의 결과였고, 성실하고, 책임감 있는
탁월한 능력이 가져다준 성과였다고
자부(自負)합니다.

새해 아침¹⁸⁾

태양은 솟아올라 중천인데
연회색의 엷은 구름이 드리우고
사이사이로 푸른 희망의 구름이
수줍은 듯 바람을 탄다

거센 광풍이
지난 자리처럼 고요하다
추녀 밑 굴뚝에선 연기(煙氣) 대신
모락모락 수증기가
피어오르는 새해 아침이다

멈춰 선 기중기의 사슬엔
무겁게 매달린 갈고리 쇳덩이가 금방이라도
쏟아져 내릴 것 같은 아슬아슬함이
오히려 고요를 더해주는 것 같다

영하 12도의 기온을 녹여주는
햇볕은 따스한데 창틈으로 스미는
황소바람이 차다

---

18) 2021. 01. 01 새해 아침

사유(思惟)하는 것은
찬바람 일고 고요를 먹음은 풍경일지라도
멀리 나르려는 몸짓이라 생각하자

처음 겪는 어려움에 힘겨운 나날이었지만
이 또한 지나갈 것이란 믿음을 가져보자

밝은 미소 머금은 화사한 얼굴을 볼 수 있는
마스크 없는 세상을 앞당길 수 있다는
희망을 꿈꿔보자

거짓과 오만의 허물을 벗어내고
진실과 정의의 새 옷 입게 되기를 소원해 보자

소처럼 정직하고, 소처럼 우직하게
모두의 꿈을 위한 희망찬 첫걸음으로
너와 내가 함께 다짐하자

새해 새 아침 첫날이니까

꿈

열나고 나른한 몸이
A형 독감이란다
만사가 귀찮고 잠만 쏟아진다
뒤척이다 잠이 들면
흥건하게 땀에 젖어
한기를 느끼기 일쑤다

쪽잠이 들 때마다
꿈을 꾸며 방황한다
하늘을 날기도 하고
맹수에 쫓기기도 하고
물속을 허우적거리기도 하고
오래전 속세를 떠난 친구를 만나기도 하고
높은 벼슬아치도 등등

그러나 쫓길 때는 아무리 뛰어도
발이 떨어지지 않는다
아무리 말하려 해도
입이 떨어지지 않는다
깨고 나면 온몸은
땀으로 뒤범벅

곤한 아내 깨일쎄라
조심조심 땀을 닦는다
그러나
몹시 아파요?
아니
선잠 들었나?
아픈 것도 미안한데
이마에 손을 짚는다
열은 없는데
웬 땀이?
아내의 손길에 온기를 느낀다

악몽이었나 봐?
응~ 미안해
잡시다
다시 눕는다
창틈으로 들이미는
새벽바람이 시리다

새 출발

코로나가 점령했다
오래전 힘들었던 역사로 시작해서
끊임없이 농락당하며 왔는데
아직도 얼빠진 사람처럼
갈팡질팡하다가 해를 넘겼다

갑론을박
욕심 채우려다가
쪽박이라도 차면 어쩔 건가?

희망을 열어가고
점령당했던 역사를 되새기자
아옹다옹 다투지 말고
화해하고 힘 모아
반쪽이라도 잘 지켜나가자

새해 새날[19]
모두가 새길 것은
짊어진 짐들일랑 털어버리자

---

19) 2021. 01. 04. 아침에

힘들고 어려웠던 것을 기억하며
마음을 다잡아보자

거짓과 탐욕을 털어버리고
상식이 통하는
새로운 미래를 향해
새출발 하자

아시나요?

그대, 아시나요?
엄동설한 견디고
움트는 봄이 오면
한 아름 봄바람 보듬으며
아지랑이 피어오르는 꿈길을 걸었어요

그대, 아시나요?
한여름 뙤약볕 이글거리는
한낮이 되면 바람에 실려 오는
땀에 젖은 향기를 느껴요

그대, 아시나요?
어느덧 세월 흘러 금빛 물결 춤추고 오색 짙은 가을이 오면
단풍 잎새 한 아름 따다가
치마폭 넓게 벌려 담아주고 싶어요

그대, 아시나요?
찬 서리 얼음 얼고
함박눈 내리는 겨울이 오면
손 호호 불며 군고구마 먹으며
긴 겨울밤을 달구던 때가 생각나요

그대, 아시나요?
봄, 여름, 가을, 겨울 지낸 지 몇 해였던가?
은은한 차향이 피어나는 구석진 카페에 앉아
아련히 떠오르는 추억들을 더듬어 봐요
깊어진 주름에 감춰진
한 올 한 올 흰머리에 매달린
즐겁고 행복했던 시절
슬프고 괴로웠던 시절들이 주마등처럼 지나갑니다

그대, 아시나요?
아름다운 구름도 바람에 흩어지고
벌, 나비 유혹하는
아름다운 꽃들도 쫓기듯 시들어
생기를 잃어간다는 걸요
세월 가면 지워지고
세월 가면 모두가 가는 것인데
아귀다툼하듯 인생살이
그래도 아쉽다 했나요?

그대여, 기억해 주셔요
이제 모두 다 내려놓을 거니까요

미련

어찌할까?
한숨에 달려온 경포 바닷가
조여 왔던 가슴이 활짝 펴진다
바람에 부딪히는 잔물결
하얗게 부서지는 파도가 정겹다
오래전 아내와 함께했던
그 여름을 생각하며 그네 의자에 앉아
이야기를 나눈다
"여보! 정말 고생 많았소.
아들, 딸 키우며 못난 남편 뒷바라지하느라"

주름진 아내의 얼굴에서
세월의 깊이가 묻어난다
그렇게 마흔다섯 해가 지났다
고달팠던 삶에 용기를 주듯
우중충했던 회색빛 하늘이 열리고
한 줄기, 두 줄기 빛이 내린다
한 무리 갈매기 떼
근심 걱정 모두 털어버리려는
내 마음 아는 듯
공중제비하며 바람을 가른다

하얀 모레 밭엔
삼 남매 가족이 옹기종기 모여 앉아
모레 성도 쌓고 두꺼비집도 짓는가?
천진스러운 웃음소리는
물결 스치는 소리에 묻혀 고즈넉하고
바다는 하얀 물보라를 삼키는데
나는 옛 생각을 토하게 한다

호시절은 가고
얼굴엔 세월의 흔적만 깊어지고
검은 머리엔 흰 서리 내렸지만
후회도 하지 말고
미련일랑 던져 버리고
욕심도 훌훌 털어버리자고
다정스레 두 손을 꼭 잡아 본다

그랭이질[20)

마음을 그랭이질 한다
어디에,
어떻게 맞출까 고민하며…
잘 맞춰질까?
지나온 세월이
하루해도 아닌 것을
그래도
멈추지 못하고
더 열심히
그 짓을 한다

---

20) 주춧돌을 놓고 기둥을 세울 때 기둥(나무) 밑을 돌 표면에 잘 맞게 다듬는 작업

우물(井)

동그란 하늘이 갇혀있다

한낮에는 파란 창공이
하얗게 피어오르는 뭉게구름
뜨겁게 달아오른 불덩이도 갇혀있고

어둠이 짙게 내리면
반짝이는 별들이
서녘 하늘에 지다가 멈춘 초승달도
을씨년스럽게 갇혀있다

어쩌다가
갇혀버린 개구리 한 마리
하늘 보며 물장구친다

내가 왕이로소이다

11월의 아침 생각

시월의 마지막 밤은
소박하게 지나가고
성큼 겨울의 곁으로
다가서는 11월

기다림에 지친
여인은 옷자락을
끌며 외로움이라는
여정에 몸을 맡기는가?

낙엽 지듯
지난 세월을 탄식으로
덮는가 보다
그러나
남은 60여 일의
시간이 넉넉함으로
채워지기를 기대해 본다

아쉽다는 후회가 없도록
이 해(年)가 가기 전에
나는

또 하나의 밑그림을
그리기 위해 중천의 해가 언제였나를
추억이라는 홀더에서 꺼내 볼 뿐이다

세상사

눈을 뜨면
해야 할 일
가야 할 일
만나야 할 일
봐야 할 일들을 생각한다
하루 24시간을 보내야 하는 많은 일들과
생각이 얽히고설킨다

수많은 사람의
생각들이 세상을 얽히게 한다
정치하는 사람들은
권력 쟁취를 위해
국민과 국익은 아랑곳하지 않고
자기 잣대의 주장만을 일삼음으로
세상사를 꼬이게 한다

부자들은 더 많은 돈을 벌기 위해 안간힘 한다
서민들은 먹고살기 바빠
이리 뛰고 저리 뛴다
백수들은 오늘은 뭘 해야 할까?
누구와 만날까를 고민한다

나는 화백이란다
화합을 위해
통일을 위해
그리고
행복한 삶을 위해
어떻게 할까를
곰곰 생각해 본다

세상사 복잡해도
나의 길을 가는 것이
마음 편할 테니까

인생길

내게 주어진 시간은
얼마일까?
예측할 수 있는 걸까?
어림잡아 20년?
꿈이 너무 야무진 걸까?
오늘 새벽
갑작스레 의문이 든다
해야 할 일들이 너무 많은 것 같다

쓰다가 만 인생 글도
마무리해야 하고
이곳저곳 가고 싶은 곳도
찾아봐야 하고
평생 해보지 못한 즐거움도
느껴봐야 하고
어려운 이웃에게
정성도 더 나눠줘야 하고
이렇게 하고 싶은 일들이 많다는 것은
바보같이 살았기 때문이다

그러나
후회는 없다
명예를 지키기 위해
국민 된 도리를 위해
국가를 위해 헌신했으니
그것도 삼십 년 넘게

남은 인생 최선을 다해
그렇게 살면서
못다 한 그런저런 일들을
하나하나
그리고 떳떳하게
해보자고 다짐해 본다

남은 다짐

월요일 새벽
늦가을 비가 추적인다
왜 이리도 가을비는 자주 내리는지
한 달여 남은 2015년
무엇을 어떻게 했고
남는 것은 있는 건지

한 주를
시작하는 출발점에서
돌아보게 됨은
아직도 뭔가를 하고 싶은
욕망이 있어서이다

내가 나를 모르고
생각하는 것이 아니고
가는 시간이 아깝고
돌아가는 세상사가
만족스럽지 못하다는
생각 때문이다

주어진 것은 하나인데
하고 싶은 일은 셀 수가 없다
얼마인지는 모르지만
한정된 시간 속에서
얼마나 할 수 있을지는 모르지만
차분하게 하나씩 둘씩
최선을 다해보는 거다

여력이 얼마인지는
가늠할 수 없지만
가을비를 맞으며
이렇게 달리는 거다

소망(所望)

새해 아침
떠오르는 태양을 보며
환하게 퍼지는 기운에
온몸을 담그고
소망을 담는다

변해가는 지구를
지켜 주시고
우리 조국 대한민국의
행복한 통일을 이뤄 주시고
모든 국민이 이기주의, 개인주의에서
벗어나게 해주시고
쌈박질하는 정치의
행태를 바꿔주시고
문란한 사회질서를
바로 잡도록 해주시고

나와 우리 가족 모두
건강하고 정의로운
삶을 살게 해주시고
이웃을 위해 나눔과 배려

그리고
사랑으로 보듬어 줄 수 있는
그런 평생을 살 수 있도록 해주시고

나 스스로가
우물 안의 개구리에서
벗어날 수 있는
지혜를 주소서

인연(因緣)

이유는 없지만
그냥 생각나는 사람
만나지 못하면
안절부절 서성이고
한마디
목소리도 못 들으면
궁금하고 걱정되고
마음도 갈팡질팡
그래도
나를 생각하는 건 아닐지?
아무렇지도 않은 듯
세월은 간다

생각은 갈래 길을 따라
이리저리 달려간다
이 생각 저 생각
오해(誤解)는 하지 말아야지
맺어진 끈은
그렇게 이어가야지
마음은 허접해도
기대는 해봐야지

만나는 인연으로
그리고
행동하는 인연으로
이어가야지

까치설

오늘은 까치설
내일은 새해 새날이다
하루 전
서녘 하늘 태양은 붉은빛을 토하고
까치는 둥지 틀 가지를 쫀다
아는 걸까?

저만치
물 위를 가르는 오리 가족 한가롭고
바람 실리는 윤슬에 눈이 부시다

남풍 불어
먼 산 아지랑이 피어오르면
시냇가
버들이 기지개 켜고
앙상한 나뭇가지도 봄꿈을 꾸겠지

길 떠난 나그네는
발길 돌려 고향 찾을까?
고장도 없는 세월의 시계는
무심코 해를 넘긴다

입춘(立春)

봄이 오는 소리가
펄펄 쏟아지는 눈발에
마구, 마구, 바닥으로 떨어진다
어쩌나
일어서지 못하면

아니야
분명 일어날 거야
잘 견디고 있는 우리도…

잊지 못할 기억

짙어가는 녹색의 숲을 보며
장미꽃보다 더 붉은
가슴을 뛰게 하는
핏빛을 생각한다

자유가 뭔지
행복이 뭔지
즐거움이 뭔지
아니
전쟁이 뭔지
사는 게 뭔지도 모르던 그때

다섯 살 코흘리개는
자전거에 실린 보따리 위에서
할아버지의 등짐 위에서
추위와 배고픔에
참을 수 없는 울음을 터뜨렸고
그럴 때마다
나는 피난길의
걸림돌 역할을 톡톡히 했었다

70년이 지난 지금
나는 이렇게 바보 같은 꼰대가 되어
가는 세월에
살아 있는 육신을 맡기고 있지만
죽어도 자유와 민주는 꼭 지켜야 한다고
말해 주고 싶다

방하착(放下着)

황야를 달리는 무법자의
목표는 무얼까?
주어진 삶을 위해 달리는 이유는 뭘까?
제각기 정해진 목표를 향해 달리지만
이루고자 하는 방법은
천차만별일 것이다.

그러나
방법의 정도(正道)를 따르는 이들은 얼마나 될까?
세상이 어수선한 것도
뉘가 뉘를 탓하는 것도
미워하고 헐뜯는 것도
과격한 행동으로 표현하고 있는 것도
따지고 보면 개인, 집단의 이익 추구를
위함이 아니던가

주어진 책무를 이행하지 않는 것은
직무를 유기함이고
직무를 제대로 이행하지 않으면
그에 마땅한 벌을 받는 것이 정도인데
특정한 사람

특정한 집단은 법을 어기는 짓을 해도
벌주지 않는 불공평함이
백성의 맘을 서글프게 한다

정상(正常)이 뒷전으로 밀리는
세상사는 언제쯤 사라질 수 있을까?
모든 것을 내려놓으려 해도
내 맘이 허락지 않는다

속물(俗物)

왠지 모를 의문이 생긴다
마음을 주고 있는가?
생각하고 있는가?
아니 늘 느끼고 있는가?
그것도 아니면
마음속 탕아로 남아있는 건가?

아무렇지도 않게
시간을 보내려 하면
할수록 자꾸만 의문이
꼬리를 잇는다
저만치 밀어내려고 하지만
밀리지 않는 안타까움이 있다

가슴속 틀어 앉은 여인의
잔상인가?
어른거리는 모습은
가늠할 수 없고
행여나 하는 바람(希望)은
빛바랜 낙엽처럼
칼바람에 날린다

이렇게
시간은 흐르고
우리 내 인생도 여울처럼
저마다의 목표를 향해
흘러가는가 보다

운명 같은 것

말도 없이
기척도 없이
허락도 없이
어느 날 갑자기 찾아들어
내 몸속에 자리 잡은 당신
대체 뉘시길래
막무가내인가요?

어이 갈 곳 없어
마치
약속이라도 한 듯
몇 날 며칠을
엉기고 있는 당신
피해는 주지 말아야 하는 거 아닌가요?

내게 고통 주고
자식들에게 걱정 주고
아내에게 서러움 주는 당신
있을 만큼 있었는데
진정 떠나지 않으려는 건가요?

근심 걱정 털어버리게
가지 말라 잡지 않을 터이니
올 때처럼 말없이
아픈 상처 남김없이
모두 가지고 떠나 주면 아니 되겠소?

부탁합니다
애원합니다
말없이 허락 없이
내 몸속에 자리 잡은 당신
제발
어디로든 떠나 주소

사모(思慕)²¹⁾

붉은 서기(瑞氣)²²⁾ 하늘 뜻
느릅원에 태어나사
산천경계(山川境界) 두루두루
고단한 삶 체험(體驗)하시고
지혜(智慧)를 통달(通達)²³⁾하셨네

불우했던 인생살이 훌훌 털어버리시고
덕곡(德谷)에 좌정(坐定)하여
학문에 정진(精進)하사
박학다식(博學多識) 뜻을 이루시고
수기치인(修己治人)²⁴⁾ 하시면서
후학(後學)의 본(本)이 되는
하학지남(下學指南) 지으셨네

입신양명(立身揚名) 뒷전으로
참 선비의 길을 걸으시고
이립(而立)²⁵⁾ 중반 늦깎이로
성호(星湖) 선생 제자(弟子) 되어
실학(實學)²⁶⁾을 선도(善導)²⁷⁾하는
중심인물 되셨고

---

21) 순암 안정복님의 얼을 우러러 받들고 마음으로 따라야 한다는 생각에서 제목으로 정함
22) 상서로운 기운
23) 막힘이 없이 통함
24) 사람을 다스리기 위해 자신의 몸을 닦음
25) 30대를 지칭함
26) 실제로 소용되는 학문
27) 올바른 길로 이끌다.

실천궁행(實踐躬行)[28] 성심(誠心)으로
오랜 세월 오롯하게
목민관의 지침서
임관정요(臨官政要) 지으셨고
청사(靑史)[29]에 길이 남을
동사강목 지으시고
후세들에게 본이 되는 가르침을 주셨는데
인걸(人傑)은 지령(地靈)이라[30]

개골창 건너
이택재(麗澤齊) 대문 열고 들어서니
억겁(億劫)[31]의 느티나무 우람하고
덕(德)을 쌓아 충성하며
청렴(淸廉)과 예(禮)를 다할
빛난 얼이 서렸는데
길라잡이 될 자 그 누구인가?

짧은 여운 긴 한숨
필부(匹夫) 마음은
갈바람 부는 대로 휩쓸려가네

---

28) 실제로 이행하여 자기의 행동에 나타냄
29) 역사상 기록
30) 땅이 좋아야 좋은 인재가 나온다는 말
31) 오랜 세월

설렘

무엇에 홀린 걸까?
허전함 때문인가?
왠지 모를 욕망이 타오르듯
갈피를 잡을 수 없다

지나치는 눈길에서
짧은 만남에서
허공을 타고 오는 목소리에서
표정에 드리우는
그림자에도
서운함이 싸인다

어느새
마음속 정인이 되었나?
탓할 수 없는
외로움에 가을을 보듬는다

남한산성에 올라

그때 그날
처절했던 아우성은 아스라이 사라져 갔지만
지금도 이끼 낀 돌담엔
배어있는 절규가 들리는 듯

아~
우리의 님들은 그렇게
가셨는가?
홀로이 성벽에 기댄 필부의 마음엔
한아름 애가 끓는 한이 서린다

뉘라서 탓하리오
힘없던 나라의 설움을…

이제
우뚝 선 대한의 힘을
짓밟으려는 무리
그 누구인가?
나라를 어지럽히려는 자
그 누구인가?

수어장대에 올라

눈길을 걷는다
뽀드득뽀드득 성곽을 따라
그리고
한 덩이, 두 덩이, 세 덩이
그제 내린 함박눈을
머리에 이고 있는
노송 사이를 터벅터벅
가쁜 숨 몰아쉬며 수어장대에 올랐다

맑게 갠 하늘이 파랗고
성벽 아래로 펼쳐지는
도심이 선명하다
높다란 빌딩, 높낮이가 다른 아파트,
멀리 인왕산의 웅장함도 시야에 들어온다

뉘라서 이곳을
치욕의 장이라 했던가?
나라를 구하고
백성을 살리려는 처절함이 있었던 곳
그 시절
갑론을박하던 지도자들의 언성과

백성들의 원성이 메아리 되어
바람을 타는 듯하다

따사로운 햇살이
쌓인 눈을 녹인다
산행길
오십여 명의 일행과 질척이는
수어장대 뜰에 서서 북녘을 향해
평양의 김정은아!
"통일은 대박이다." 따르라!
목청을 돋우고
하산하니 시장기(끼)가 돈다

도라 전망대

아스라이 송악산
연무인가?
운무인가?
아니면 미세먼지?
희끄무레하게
철탑 끝에 개성공단
그리고
개성시가 보인다

대성동 마을의 태극기는
초겨울 바람에 펄럭여
희망의 나래를 펴는 듯
기정동의 인공기는
축 처진 채 미동도 하지 않는다

왕조의 몰락은
언제쯤 오려나?
한마음 한뜻으로
통일의 팡파르를 울리는 그날
경순왕의 혼백도
더덩실 춤추지 않을까?

통일시대의 주역인
청소년들이여!
마음속 깊이 새겨
통일의 그 날까지
힘차게 달려라!

JSA(공동경비구역)[32]

대동강 얼음이 녹는 날
24절기 중 우수
포근하지만
우중충하게 흐린 날씨
축 처진 기정동의
높디높게 걸린 인공기
병사의 눈길은
결의에 차 있었다

지척에 서 있는 북한군
두 주먹 불끈 쥐고
마네킹처럼 꼿꼿한
경호 병사의 모습에서
든든함을 느낀다

낮게 깔린 콘크리트 경계선
이것이 휴전선이란다
언제나 없어지려나
철새 한 떼 북녘으로 나른다

---

32) JSA(Joint Security Area) 공동경비구역

평온한 것 같지만
긴장이 감도는 JSA
끊긴 개성 길로 나오니
한숨 절로 나온다

통일이여 어서 오라!

무제 · 1

다툼의 끝은
언제나 묵언이다
사소한 일에
하찮은 일에서
부딪침은 내 탓인가?
작은 것에서도
야속하게 생각되는 것은
나이 먹은 외로움 때문인가?

며칠 전부터 말을 잃었다
그냥 조용하고 싶고
그냥 혼자 있고 싶고
마냥 서글퍼짐에 눈시울이 붉어진다

멀어진다는 느낌은
감당하기 어려운 억눌림인데
벗어나려 애써도
꼼짝하지 않고 버티는 속물
의욕이 시든다
아니 모든 게 정지된 듯
우울증인가?

나대는 사람들
비교되는 사람들
분수 모르는 사람들
하 많은 사람 속에 나
타는 마음 가눌 길 없음에
이대로 서 있는 거다

무제 · 2

너무 오래간다
뭐가 문제인가?
부딪치는 게 싫어서
아니면 그냥 말하기 싫어서?
그래서
40년을 그렇게 살았나?

새삼스럽다
살가운 정
애틋한 관심이 그립다
왜 그리 못하나
삶에 지쳐서일까?

참고 또 참아도
늘 평행선을 긋는다
어쩌면
말을 잃은 이유다
마음이 허전하다
전 같지 않은 육신

아마도
혼을 쏟아낼

거리³³⁾가 없어서 나약해지는가 보다
말을 잃고
마음을 잃고 있는 건
아닌지 걱정이다

나 아직
열정이 남아있는데

---

33) 어떤 행동을 하는 데 쓰이는 대상이나 소재

돈(money)

욕심일까?
아니면 넉넉하지 못해서
기준은?
평생(平生) 그것과는
거리를 두고 살았다
먹고살면 그만인 것을
무에 그리 모자라 아등바등하며 사는가
있으면 기분 좋고
없으면 주눅 드는 그것
내 일생 주눅 들고 살았나?
아니 살고 있나?

그것으로 자존심 상처받은 적 하 많았는데
생각하면 무얼 하나요
어쩔 수 없이 내 인생 부족한 것을
가족에게 미안하고
마누라께 미안하고
자식들에게 미안한데
바보 같은 내 인생
돈에 노예 되었나?
아니면 돈돈하며 살았나?

명예는 쓸데없는
허접한 것인가?
나 지금 또
후회하고 있나?

아니다
내 인생 떳떳하게
한 점 부끄럼 없이 살았노라

회상(回想)

세월 따라
잊혀 가는 것
우정일까?
아니면 인정일까?
사랑이라는 멍에일까?
인연 끈 풀지 않으려
안간힘 해도
시나브로 멀어지는 그것
마음속 파일엔
어떤 기억 담겼을까?
사랑을 보듬었나?
인연을 보듬었나?
널브러진
여신을 보듬었나?
펼쳐 볼수록
아리송한 생각뿐
그렇게 잊혀 가는 것인가?

그대

그대 아시나요
아무리 불러봐도 대답 없고
여기저기 찾아봐도 보이지 않고
느껴보려 하나 느껴지지 않는 그대

언젠가
봄비 내리는 길목에서
정겹게 보듬어 주던 그대

그때 그대는
여린 내 마음을 송두리째
빼앗아 갔습니다

그리고
아슴아슴 기억 속에서
지워지기를 기다렸나 봅니다

그대 지금은 간곳없고
그대 향기 여운에
애타는
그리움만 쌓입니다

제 5 부
지난 세월과 사유(思惟)

살아보니 이것저것 뒤섞이는 일들이
한두 번이 아니었음을 알았습니다.
아무것도 이룰 수 없다는 허전함이 있을 때마다
무어라도 남기면 후회는 줄일 수 있을 것이라 생각했습니다.

잘하는 것, 일도 없는 나였고,
외곬로 보냈던 기억이 많다는 생각 속에 살았던 나였습니다.
그래서였는지 다른 인생의 표적이 되었었던
나를 위로해야 합니다.

왜냐하면
비록 표적의 인생이었지만
대견함이 있었기 때문입니다.
스스로 무엇 하나 만족스럽지 못했던 자신이라고 치부했던 그 시절
자책하며 학대(虐待)했던 나였다는 사실이
나를 떳떳하게 합니다,

그래서
지나온 세월을 자책하기보다는
작은 꿈을 이루기 위해 최선을 다해 살아온
일흔일곱의 인생을 보듬어 주고 명예를 지켰다는 자부심을
사랑하렵니다.

망중한(忙中閑) · 1

무갑산 정기 받은
너른 고을의 후예들
한마음 한뜻 되어
팔당호 감돌아 양평 장마당
온갖 잡동사니 구경하고
수수부꾸미 한 입 베어
시장기(끼)를 때웠네

산허리 돌고 돌아
남한산성 성곽길
트인 하늘 맑은 공기
송진 냄새 벗하니
이 아니 좋을시고

흘린 땀 훔쳐내며
찾아든 천년 찻집
구수함에 넋을 잃고
갈 길을 접었도다

말 달리듯 지나간
갑오년 열두 달

가는 해 잡을 수 없고
오는 해 막을 수 없으니
인생사 허무함에
절로 한숨 나오네

오호라
희망은 노년의 객기인가?
마음은 청춘이요
나이는 숫자인데
뉘라서 나를 보고
늙은이라 하는가

망중한(忙中閑) · 2

일렁이는 물결 따라
강바람 스치고
출렁이는 물결 소리
모터보트의 엔진 소리에 시간이 묻힌다

무리 지은 연(蓮)[34] 줄기는
잎새가 버거운가?
바람 따라 건들거리고
꽃잎 진 연밥은 틈새를 비집고 얼굴을 내민다

바람 불어 나비 한 쌍
꽃잎에 내려앉아
오수(午睡)를 즐기는데
강 건너 바삐 달리는 철마는 어디로 가는가?
오가는 차량 행렬은 무더위를 싣고 달린다

나는 강가 의자에 마주 앉아
간간이 불어오는
산들바람 맞으며 오후를 즐긴다

---

34) 연꽃연

비 온 뒤끝의 따가운 햇살
그늘에 안겨
도란도란 이야기꽃을 피우는데
저편 뭉게구름 사이로 나르는
헬리콥터의 엔진소리가 분위기를 깬다

여보
이제 그만 갑시다

신발

오랜만에 만난 반가움
여린 마음 발동해
낙지집에서 소주 한 잔
탕 탕 탕 한 접시
낙지탕 한 냄비
셋이 앉아 한 병, 두 병, 세 병,
어느덧 다섯 병,
많이 마셨나?

기쁨 주(酒)로 마시고
위로 주(酒)로 마시고
화이팅 주(酒)로 마시고
해결 주(酒)로 마시고
형, 동생 하자는
형제 주(酒)로 마시고
초저녁 시간이 흘렀다

세상사 정 없으면
어찌 살 수 있을까?
마음 달래주며
건배주(酒)로 또 한잔

봄밤은 깊어 가고
우리의 정도 깊어지나?
보듬으며
어깨동무하고 나오려니
어! 내 신발이 없어요

벌써 여섯 번째
왜
내 것만 눈독을 들였나?
그렇게 맘에 들었나?
둘째가 장만해 준
귀한 선물이었는데…

멍하니

고개를 들고
얼 나간 사람 되어 허공을 바라본다
아무것도 생각나지 않는 시간 속에서
열심히 두드려 보지만
안타깝게 지난 응어리는
녹아내리지 않고
꽉 닫아 버린 마음 문은
열리기를 거부한다

문득 혼자라는 외로움에
창문에 기대어 밖을 보니
밤은 깊어 절정인데
까만 하늘
반짝였던 별들도 숨어버리고
그리움에 묻힌
맥박 소리만 허벌 나다

아무것도 건질 수 없는
하루는 무심하게 흘러갔는데
나는 아직도 소리 없는 고요에
묻혀 허우적거린다

그냥 이렇게 가는 것인가?
허공을 바라보는 노(老) 땅의
마음은 허허로울 뿐이다

때(時)

기다리는 것인가?
초년기엔 생각 없이 기다리고
청년기엔 하염없이 기다리고
중년기엔 놓칠까 봐 긴장하며 기다리고
장년기엔 지나쳐 버린 그것
노년기 되어 있으니
기다림이 아니라
만들어 가는 것인가?
보내는 세월인가?

진정, 때는 있는 것이고
다시 올 수 있는 것일까?
지나쳐 버린 때를 후회하며
객기부리는 바보 같은 때를 사는
내가 밉다

폭설(暴雪)

어젯밤
온 세상이 하얗게 덮혔다.
두 시간여 동안 무지하게 쏟아졌다
코로나로 정지된 일상에서
푸근하게 쏟아져 내렸지만
칼바람도 몰고 왔다
덜거덕거리는 바람 소리에 잠을 설쳤다

걱정이 앞선다
맏이의 출근길
엊저녁 다녀간 아들의 출근길
무탈해야 할 터인데
아니 힘겨운 서민들의 일상이
무탈해야 할 텐데…

제설 작업하느라 밤새우며 고생한
공복들의 모습이 어른거린다

오래전 내 모습을 떠올리며
모락모락 김이 피어오르는 따끈한
해장국이라도 한 그릇 사주고 싶다

시월의 끝날

겹겹이 묻은 세월의 흔적들이 밟힌다
힘겹게 시작한 꿈을 꾸었는가?
돌이켜 봄은
아직 남아있는 조각 때문이리라

참 오래도 살았다
얼떨결에 지은 우리 가족의 보금자리였다

외풍(外風)에 떨고
문설주로 들이미는 황소바람에 떨었던
단칸방을 털어 냈다
그리고 젊은 아낙은 허둥지둥
작은 역사를 일구었고
기쁨과 환희로 만끽했던 그런 날이 있었다

작지만 포근한 안식처를 가졌다는 안도감에
저절로 충만했었다
소박했고 삼 남매도 잘 자랐다
나름 명예도 얻었다
그렇게 살아온 지 마흔다섯 해
얼기설기 애환 서린 둥지를 떠나려니 눈물이 매달린다

겹겹이 쌓인 향기
손때 묻은 문고리를 잡을 수 없다는 아쉬움이
가슴에 엉킨다

어찌 떼어 놓을 수 있을까?
온갖 시름 묻혀가며 정들였던 터전이었는데…
떠나는 내 마음도 가눌 길 없는데
아내의 눈에 맺힌 아쉬움을
어찌 감당할 수 있을까?

그러나
시월의 끝날 우리는 오만 정을
뗄 수밖에 없었다

*이사(移徙)짐 챙기며(2020. 10. 25 아침)

11월의 새벽

먼동이 트는 여명
창문에 비치는 새벽 달빛이
을씨년스럽다
뒤척이다 잠들었나?
어느새 깨었다

여행 갈 가방을 챙기느라
분주한 아내를 물끄러미
바라본다

미안함이 배어있다
자리를 털고
주섬주섬 챙겨 입는
내 모습이 안쓰럽게
보였나?

밝은 우유 속 같은 안개 천국
조심스레
짐을 싣고 모임 장소까지
배웅한다

며칠 동안 허전함이
없었으면 좋으련만
잘 다녀올게요

나는 다시
안개 속을 달려
제자리에 서 있다.
세월의 자리가 깊게
느껴지는 새벽이다

어디로 가는가

동녘에
태양이 떠오르면
눈이 부시도록 밝은 빛은
온누리를 깨우고
어디로 갈까?

작은 바람은
고요를 깨고
숲의 나뭇잎을 흔들며
광야의 땀방울을 거둬주고
어디로 가는 걸까?

작은 바람은
온 누리를 넘나들며
큰바람 되어
하얀 구름
회색 구름 버무려
먹구름 끌어드리고
천둥 번개 치는 하늘 만들어
장대비를 퍼붓게 하고
어디론가 떠난다

생명력을 주는 빛은
온 누리에 온기를 주기도 하고
때로는 타는 열기를
주기도 하며 앞만 보고 달린다

형상 없는
느낌의 바람은 어떤 모양일까?
동, 서, 남, 북
제멋대로 오가는 바람은 물결을 일으키고
세찬 힘으로
깊은 상처를 주기도 하지만
시원함도 주는 요물인가?
그런 속을
살아가는 사람들은
어떤 모양일까?
모양이 하도 많아 따질 수 있을까?

그런데
알 수 없는 것 하나 있다
생각이라는 물건이다
동그란 것인지

네모 아니면 세모인지
좋은 건지 나쁜 건지
옳은 건지 그른 건지
어느 곳으로 향하는 걸까?

옳은 것을 옳다 말하지 않고
그른 것을 그르다 말하지 않는 것은
무슨 생각 때문일까?
덮어주면 거짓이 진실로 변하기라도 하는 걸까?
하늘이 알고 땅이 알고
내가 아는데

선량한 양 떼들은 갈 곳을 잃었다
어떤 모양으로
어디로 가야 하는 것일까?

꽃샘추위

새벽 설악산
영하로 떨어졌다
어쩌나
봄날이 고뿔 걸리고
어린 열매
새싹들
몸살 앓겠네

장미꽃

잔잔한 호수에
향기로운 물결이 인다
어디에서 불어오는 걸까?
꽃잎의 속삭임이 들려온다
사랑의 소리
아니 행복의 소리인가?
누구신가요?
꽃잎이 묻는다
바람이에요
아니 바람 타고 온
향기에 취하고
분홍빛 입술에 취하고
아름다움에 취한 꿀벌이랍니다

이렇게
고요를 머금은 6월이 간다

봄비

봄비가 촉촉이 내리는 오후
창가에 기대어
지나간 옛사랑의 추억을
더듬는다

자욱한 안개비
희미한 영상을 찾아 헤매는
탕아의 모습처럼
나는 이렇게 멍한 가슴을 안고
하루의
외로움과 고독이
줄줄이 이어지는 아픈 가슴으로
지난 시간의 아쉬움에 젖어
잠 못 이루는 실직자가 되어 있다

이 밤 지새우는 적막감(寂寞感)이어라~

백로(白露)

새벽
밖에 내린 이슬이
햇살에 눈이 부시다
이렇게
가을이 익어가고
들녘엔 한아름 희망이
익어간다
오랜 기다림의 결실은
그렇게 땀 흘렸나 보다

나는
또 이렇게 기다린다
그것이 설령
이룰 수 없는 정점일지라도
그 끈은 놓칠 수 없는
미래라 생각하기 때문이고
그리고 살아가는
바램이기 때문이다

아름다운 계절

하늘이 파랗고
그 물결에
하얀 뭉게구름
두둥실 뱃놀이 하고

들녘에는
수놓은 황금빛 오곡에
나는 그만 넋을
잃었습니다

땀 흘려 달려온 수고가
알차게 익은 가을!

모두 함께
풍성함으로 채우고
희망의 나래를
펄럭이는 아름다움으로
펼쳐 봐요

뙤약볕

걷는다
휑하니 텅 빈 공원길을
터벅터벅
아무 생각이 없이
그냥 걷는다
쨍한 뙤약볕에
땀방울이 맺힌다

얼마를 걸었을까?
땀방울이 안경을 적신다
마지못해 그늘진 벤치에 앉아
흐르는 땀을 손등으로
훔치며 옛 생각에 잠긴다

발가벗고 물장구치며
누가 먼저 건너나 내기하던 곳
하얀 모래 반짝이던
조각 백사장은 간 곳 없는데
갈대숲에 숨죽이는
하얀 꽃송이 애처롭다

꽃길은 아니지만
온몸으로 느껴지는
복사열이 뜨겁고
돌다리 틈새를 흐르는
물소리가 싱그럽다

저만치 백로 한 마리
먹이 찾느라 부산하다
한가로이 노닐며 자맥질하던
물오리 가족은 보이지 않고
물풀 사이를 헤엄치는
잉어 떼가 반긴다

햇볕 따가운 한나절
공원길을 걸었다

가을 설렘

하늘은 파랗게 물들어
뭉게구름을 피우고
산야의 캠퍼스는
황금빛

오색의 단장에
시간 가는 줄 모르는 듯
머잖아 낙엽 지고
앙상한 가지엔
얼음꽃
피우는 계절이 오겠지요

어느덧 녹옥혼(綠玉婚)
바쁘게 살아온 삶
쫓기듯 살아온 인생

내가 어디까지 갈 수
있을지 몰라도

이제
무언가 설렘을

만들고 싶다
무언가 추억거리를
간직하고 싶다

세월(歲月)

세월의 길가에 가을비가
내린다
시간을 재촉하듯
인생의 길에도 시간의
굴레가 돌아간다
한 바퀴 두 바퀴
어느덧 일곱 바퀴를 돌았는데도
쉬지 않고 돌아간다

무엇을 그리도 재촉하는지
얄궂기만 하다
내 살아온 길에
어떤 흔적들을 남겼는지
명예? 성공? 아니면 부자?
그러나 모두 아니다

먹고살기 위해
열심히 일했고
나누기 위해 봉사하면서
작은 소망 이루기 위해
아등바등 살아왔다

이제 남은 세월
가족과 함께
또 그렇게 살아가야 한다
행복하고 보람 있게 살았노라
흔적을 남기기 위해
열심히 앞장서야 한다

가을 얼음

눈 비비며 새벽공기
맞으니 설렁함이 이내요
덜 떨어진 나무 잎새가
애처로워 보입니다
아직 겨울은 멀리 있다고
생각했는데
찔끔찔끔 비가 내리더니
새벽녘 서릿발에 차창이
꽁꽁 얼었지요

그래서
가을비는 겨울을
재촉한다 했나 봐요
편치 않은
인생길 제아무리 험하다 해도
그렇게 빨리
겨울이 오지 않았으면
좋으련만
가는 세월 막을 수 없음에
안타까움만 더 합니다

하지만
남은 세월 열심히
행복하고
보람 있게
살아가렵니다

소설(小雪)

늦가을 비 온 뒤끝의
을씨년스러움이 바람을 탄다
앙상한 가지에 남은
잎새가 안간힘 하듯
나부낀다

유난히 새벽 별빛이
반짝인다
어둠을 가르며
육신을 맡긴다
차가운 공기가
옷깃을 파고든다

어제도 그랬고
오늘도 같은 일상이다
인연 있어 만난 사람도
아니면 오가다 만난 사람도
저마다의
샹그릴라(Shangri-La)를 찾기 위해
방황하는 건 아닐까?

시작은 항상 새롭게
느껴지지만
끝은 항상 아쉬움으로 쌓인다
늘 그렇게 살아온 걸까?
오늘따라
유난히도 가슴에
맺힌다

가을바람(風)

마음에 정 하나 심어보고 싶다
그냥
이렇게 시간 보내고
가끔 만나 차 한 잔
하고 싶은

오늘은 무슨 생각 하며
뭘 하고 지낼까?
궁금해하고 싶은

지나간 시간을
한 올 한 올 엮어
주렁주렁 매달아 놓고
긴 밤 지새울 때마다
한 가닥씩 풀어보고 싶은

아름다운
그리고 사랑스럽게
보듬고 생각하는
그런
추억을 갖고 싶다

아
그런데 정녕 가을은
떠나고 마는가?
고요한 호수
마음 가운데 파문이 인다

겨울비 · 1

눈(雪)인가 했더니
새벽 별 대신 빗줄기가
어둠을 탄다

내일이 동지(冬至)
팥죽 끓여 귀신 쫓고
팥죽 먹어 액(厄)막이하고

새로운 시작
묵은 때 벗겨버리고
새것으로 채우는 날

조금씩 조금씩
길어지는 빛의 향연에
인생도 새롭게 할까나?

더해가는 연륜
빗줄기처럼 깊어지는
주름살에 시름을 묻는다

비가 내리는 겨울 한낮
나는 세월에 묻힌
과거를 들춰내 푸념한다

이렇게 세월은 가는데
눈 아닌 비는 오는데
나 어느 곳으로 가야
하는가?

눈 오는 날이면

회색 구름이
밀려오는 날이면
행여 눈이 오려나?
기다려진다

함박눈이 쏟아지는 날이면
커피 향 짙은 카페 창가에
앉아보고 싶다
카푸치노 한잔 주문하고
창밖을 바라보며
눈 내리는 공간에
나를 묻는다

떠오르는 추억은
가냘프지만
문득
허전함이 느껴진다
백수? 화백?
내게 던지는 물음은
답할 수 없는 안타까움
이렇게 세월이 가는가?

짙은 커피향이 입안을 적신다
마음속 정인은 무얼 하고 있을까?

눈 내리는 날이면
부질없는 그리움 가득
쉬지 않는 시간이
야속하기만 하더이다

봄기운(春氣)

활짝 핀 벚꽃 사이로
봄기운이 너울거리고
광장 복판 잔디 위 뛰어노는 동심
아! 부러워라 그 순수함

봄비 내린 뒤끝의 화사함과 산뜻함은
갈 길 먼 인간의 마음을 여리게 하고
파란 하늘에 피어오르는 뭉게구름 넘어엔
황혼으로 이어지는 잿빛 서러움이 있다

아직 아무것도 이루지 못한
중년의 가장은
절규하듯 인생을 한탄하지만
어이 세월은 이렇듯
덧없이 흘러만 가는 건가?

활짝 핀 벚꽃 그늘에 안겨
사랑의 노래를 읊조리던 청춘
지난날을 회상하며 나는 그리고 너는
얼마나 많은 꿈을 이루었는가!

한으로 얼룩진 인생길
살아가는 부끄러움이 아니길 염원하듯
지난 시간의 아쉬움에 젖어
마음 가까이 불어오는
봄바람조차 느끼지 못하는가?

가을에

세월은
오는 걸까?
가는 걸까?
잡히지 않는 시간을
움켜쥐려 우왕좌왕 하다가
낙엽 지는 계절에 갇혔다
등 뒤에 내려앉는 따사로운 햇살이
앞을 보라 한다
갈바람에 휩쓸리는
낙엽들의 아우성이 처절하다
허전함을 달래려 하지만
가을은 또 마음을 멍들게 하는데
새로운 탄생을 기다리는
벌거숭이 나무들이 부러울 뿐이다

아! 춥다

한동안 포근하던
겨울 날씨
서민들에겐 더없이 좋았는데
대한을 앞에 놓고
영하 14도
문을 열면 찬바람이 쌩한다
발이 시리다
콧물이 줄줄
귀때기가 아리다
유치원 가방을 메고
나서는 손주가
발을 동동 구른다
이제사
겨울인가?
먼 길 걸어 동장군이 납시었다
아! 춥다

3월의 첫날

함성의 그날을 회상한
수만의 후예들
97년 전
우리의 선혈들은 나라를 찾기 위해
목숨 걸고 항거했단다
만세! 대한 독립 만세!
흉탄에 쓰러져 밟히고 또 밟혀도
앞으로 앞으로
한발 한발 디디며 독립을 외쳤단다
그렇게 찾은 대한민국

3월의 첫날
나는 독립선언서를 탐독하며 나라 잃은
설움이 어떤 것인가를 새삼 되새겨본다
새 생명 탄생의 봄기운은
우리 곁에 다가오지만
해방 70여 년의 세월은 흘렀지만
지금
진정한 애국심은 얼마나 있는 걸까?
국민 사랑의 마음은?
품격이 있는 배려는?

나라 사랑, 국민 사랑
양보하고 나누는
정의가 재탄생하기를
그리고 8천만의
행복한 통일을 외친다

대한민국 만세!
평화통일 만세!
나라 사랑 만만세!

경칩(驚蟄)

개구리가 깨어나는 날
세찬 비가 봄기운도
가져다주었는가?

그런데
난 왜 이리도
가슴이 시린 건가

아직 하고 싶은
일이 많은데
세월은 빠르게 가는데
왜 자꾸 발목을 잡는가
진실은 있는 건가?

마음이 허전하다
허공을 바라본다
지나간 세월을 돌아본다

나 이렇게
한 점 부끄럼 없이
명예롭게 살았는데

그래서 떳떳한데
환하게 깨어나야 하는데
난 왜 이리도 작아지는 건가?

가을 태풍

검정 우산을 펼치고
빗속을 걸으며 사유(思惟)하는 나

새벽 비 내리는 질척한
골목길은 오늘따라
을씨년스럽기까지 하다

빗물이 흘러내린다
어디서 왔을까?
태평양의 수증기일까?
인도양의 수증기일까?
아니면 대서양?

힌남노의
강한 바람에 실려 오는
물 머금은 검은 구름이 무섭다

얼마를 쏟아낼까?
한 번 지낸 근심이
더 큰 근심으로 다가온다

비껴가기를
소원하며 밤 지새우는
일이 없기를 신께 빌자
사유(思惟)는 여기까지다
긍정의 힘을 믿자

방(房)콕

잠잠했던 코로나가 기승이란다
백수에게는 버거운 세상이다
방콕 하는 시간이 늘어나니
온갖 생각이 들끓는다
컴퓨터와 씨름도 해보고
보다만 책을 꺼내 읽어도 보지만
마음은
어디로든 정착하지 못하고
광야를 달리는 느낌이다
뭣 하나 만족한 것이 없으나
뭘 요구할 수도 없는데
아차, 실언했다
걱정인지 핀잔인지

오랜 세월
그렇게 들으며 살았는데
어처구니없게도 또 탓하고 있는 나를 본다
소용없는 짓인 줄 알면서도 되뇌는 것은
관계를 원만하게 갖기 위함인데
언짢아해야 하는 내가 바보 같다
얼마를 더 바보처럼 살아야 하나?

5년 아니면 10년일까?
무작정 길을 나서며
마음속으로부터 들려오는 푸념의 소리를 듣는다
밖에는 한낮의 햇볕이 따갑다
나는 어느새 시냇가 공원길을 걷는다
흐르는 땀방울 손등으로 훔치며
그냥 아무렇지도 않은 듯
물소리에 위안을 삼으며
그늘지고, 시원한 바람 오가는
다리 밑 벤치에 앉아 마음을 달래 본다

이만큼 살았는데 또 뭘 바라는가
아무 생각하지 말고 죽은 듯이 살아야지

대설(大雪)

뿌옇게 바랜 하늘이다
첫눈을 기다리는 조바심에 밤잠을 설쳤다
들쥐들도 그렇게 보냈을까?
이날, 눈이 오면 우순풍조하여 풍년든다 했는데
회색빛 하늘만 쳐다보다가
하루해를 보냈다
참 어렵다
코로나는 기승을 부리는데
잘못을 덮으려는
고집불통이 난장판을 만드는가?
곳간에서 인심 난다 했는데
천심의 마음은 애가 닳는다

정월대보름

꽁지 연을 선두로
방패연이 줄줄이
하나, 둘, 셋, 넷
수도 없이 하늘을 난다
줄에 꿰인
한 연(鳶), 한 연 날릴 때마다
한 가지씩 소원을 빌어본다

우리 가족 건강하게
나 사는 곳 평온하게
대한민국 통일 되게
하늘 끝까지 달까?
소원(所願) 들어주실까?
봄바람에 너울너울
잘도 난다

금년 한 해 무탈하게
나라 안과 밖 평화롭게
모든 사람 행복하게
빌고, 빌고 또 빌어
보름달에 주문한다

강바람

한파(寒波) 소리가 창틈을 비집는다
요란한 바람 소리만큼 기온이 뚝 떨어졌다
옷매무새를 추스르며 길을 나섰다

한발 두발 내디딘 발걸음이
어느새 커다란 냇물을 만났다
물가엔 잔설이 찬바람에 날리고
물가 버들강아지는 너울너울 춤을 춘다
낭랑한 소리
여울에는 어미 오리 먹이 찾고
잔잔한 물 위엔 새끼 오리 하나, 둘, 셋,
바람 따라 헤엄치며 자맥질 놀이
재미있나 보다
세찬 바람은 물 위를 휩쓸어
잔물결을 거두었다 풀어냈다 하는데
반짝이는 윤슬에 눈이 부시다

닷새, 이레 지나면 봄의 소리 들리려나?
등 떠미는 바람결이 얼굴을 스치고
눈가에는 주르르 눈물이 흐르고
마개(마스크) 밑 입가에는 콧물이 범벅이다

다잡던 마음도 고집 피우던 생각도
비우고 또 비우며
이렇게 세월을 걷고 있는데
야속한 하루해는 멈출 줄 모른다

저만치 가 있는 세월의 언저리에서
갈 길 재촉하는
황혼을 바라본다

신이시여, 말려주소서!

58일 동안의 장마가 온통 물난리를 만들고
세상 모든 것을 적셨다
흙탕물이 할퀴고 지나간 자리는
근심과 걱정의 탄식으로 적셔지고
논과 밭의 잘 자라는 농작물은
흙탕물과 너겁으로 뒤엉켰다
이제는 거둬내고 말려야 한다
누가 해야 하는가?
찬란한 태양 빛은 농작물을 말리고
쓸려간 산과 들은 사람이 말리고
탄식으로 적셔진 사람들은
나라가 그리고 온정이 말려주어야 한다

이렇게 물에 젖은 온갖 것들 말리느라
동분서주하는데
어쩐 일인가?
아직 아물려면 멀었는데
이중, 삼중 국민의 마음을 적시는구나
중국 코로나가 우리네 일상을 적시고
너와 나를 편 가르고
나라의 체제를 유감스럽게 적시네

그 누구인가?
온갖 것 다 누려도 부족함이 있어서인가?
권력의 그늘이 그리도 좋았던가?
말도 안 되는 짓거리에 젖어 있는
인간들은 누가 말려줄 것인가?

신이시여!
보고 계신 건가요? 바쁘십니까?
앞 순위로 말려주심 아니 됩니까?
지난 것에 매달리고
거짓말로 농단하며
현실을 부정하는 참으로 가련한
인간들을 하루속히 말려주소서!

얼어버린 낭만

어제는 낭만의 함박눈
오늘은 얼어붙은 낭만이
애처롭기 그지없다

길가에 널브러진 얼음 조각들
미끄러져 너덜거리는
자동차의 모양에
넋은 잃지 않았는지?
아름다운 추억을
떠올리는 것은 버거우리라

후미진 포장마차
쪽 의자에 앉아
기울이는 소주잔에
어른거리는 지난 일들에서
비록 인생이라는
대본의 3막에 서 있지만
나는
내 인생의
또 다른 미래를 생각해 본다

박종선 시집
삶의 旅路, 내 나이 일흔일곱

초판 1쇄 발행 | 2024년 10월 10일

저 자 | 박종선
펴낸이 | 이종덕
펴낸곳 | 비전북하우스

교 정 | 이현아   디자인 | 고미례
표 지 | 배해연   공급처 | 도서출판 소망사
                       전화 / 031-976-8970
                       팩스 / 031-976-8971

ⓒ 박종선 2024

등 록 | 제2009-8호(2009.05.06.)
주 소 | 01433 서울시 도봉구 해등로 25길 41
전 화 | 010-8777-6080
메 일 | ljd630@hanmail.net
정 가 | 15,000원

ISBN | 979-11-85567-40-2 03810